中国著名编剧作家 张晓芸 王宇民联袂推荐

一经的故事

……之褂衣

那件失传千年的神物兵器『褂衣』，
出现在夏朝少康年间。
那时，
有天外之物飞抵大禹的陵墓，
传说中护甲就是那时出现的……

让我们穿越时空，
去领略一次奇异的旅程，
它的起点源于我们的本能——爱……

李黎◎著

海峡出版发行集团 | 海峡书局
THE STRAITS PUBLISHING & DIBLISHING GROUP

图书在版编目（CIP）数据

一经的故事之褂衣 / 李黎著 . -- 福州 : 海峡书局，2014.7

ISBN 978-7-80691-953-8

Ⅰ . ①一… Ⅱ . ①李… Ⅲ . ①故事–作品集–中国–当代 Ⅳ . ① I247.8

中国版本图书馆 CIP 数据核字 (2014) 第 121964 号

一经的故事之褂衣

著　　者：李　黎
出版发行：海峡出版发行集团
　　　　　海峡书局
地　　址：福州市鼓楼区五一北路 110 号海鑫大厦 7 楼
邮　　编：350001
印　　刷：北京富达印务有限公司
开　　本：889mm × 1194mm　1/32
印　　张：5.75
字　　数：100 千字
版　　次：2014 年 7 月第 1 版
印　　次：2014 年 7 月第 1 次印刷
书　　号：ISBN 978-7-80691-953-8
定　　价：28.00 元

书中如有印装质量问题，影响阅读，请直接向承印厂调换
版权所有，翻印必究

作品赞助人

吴利勋

刘雅煌

李莱德

作品赞助机构

目 录

序一

赵力

（中央美术学院教授、博士生导师，艺术史博士）

李黎，是我在清华认识的学友，虽然结识的时间不长，相互之间的了解不多，但是她性格外向、勇于交流，还是给我留下了深刻印象。

李黎，现在身处中外文化交流荟萃的澳门，其家庭也是中外文化并存的现实案例。这些对于李黎而言，不是文化的重负和纠结，而是思考与创作的重要资源。

李黎现在的很多作品，已经逐渐远离了过去比较单一的面貌，她力图以历史文化的思考为轴向，从宗教、文化、社会、经济等各个层面，去探究艺术创作的独立思路和创作指向。因此，从近期的作品来说也就出现了显著的变化。

现实中的李黎，也不满足于纯然的艺术创作，她希望通过自己的画笔或者积极参与的文化艺术交流活动，介入到更广阔的当代社会之中去。最近，李黎多次通过电话和邮件与我交流她的创作构想和新的工作计划，尤其是《大地之母系列》。对于热情洋溢的李黎，我衷心祝福她的艺术道路越走越宽，她的艺术事业越来越好！

序二

陆惟华

（中华艺术国际交流协会会长）

若干年前，在香港“亚洲国际艺术古董展”开幕式上，认识了李黎，加之同是上海客居海外画家，忘年之交由此开始。

李黎热情、开朗、真诚，率直的性格中还不失孩子气。她乐意助人，通过其夫妇的引荐，我有幸加入了“澳门文化体”和“澳门创意产业协会”。

由于给我的印象较深，日后自然就比较关注她的绘画创作，在观赏了她的《大地之母系列——一经的故事》绘画作品后，发现她的想象力非常丰富，冥冥之中预示着人类“未知”“神灵”“因果报应”的情结，包括用色，也给人以一种“神秘”“冷艳”“宁静”和“出乎意料”的感觉。

看了李黎独特的绘画后，一直在想：是什么灵感触动她去创作这类作品？有一次闲聊中问她：“这些作品的依据来自哪里？创作素材取之何方？”她饶有自信地告诉我：“根据自己想象和自己正在创作的一部小说创作的。”并补充道：“也许我写的是一部未来可以制作成电影或卡通类的作品。”

事隔多年，今天，收到她寄来的文学作品《一经的故事之褂衣》，颇有感触，有所体会：好作品就像“难产的孩子”，需要父母多少的“精血”才能凝聚而成！我更相信，好作品都是在“超乎常人灵感”的、也就是我们说的“第六感觉”中产生的。

李黎的文学作品很值得一读，作品内容委婉感人，有血有肉，文字流畅，不经意中还不时流露出其独到的见解。耐人寻味的故事情节中，似乎也给读者留下了现时生活中其夫妇和孩子一家幸福、快乐的印迹。

故事不单叙述了生活在龙骨上的华夏少女婉儿和生活在澳门的葡萄牙青年约瑟离奇的浪漫爱情故事，更重要的是突现了这对情侣在保卫他们爱情真果的不懈努力以及与邪恶“异类”开展的惊心动魄的斗争的精神，最终在殷墟褂衣的神威下，击退了施虐淫威游荡于阴阳界的异类。中葡青年的爱情结晶一经终于在褂衣的庇护下得到了存活，而约瑟的养母果雅也历经艰险肩负起抚养一经成长的重任。

最后，我要阐述的是：这部作品一定会被广大读者所喜爱。为了使自己孩子能树立正确的人生观、价值观和世界观，建议家长不妨与孩子们共同花时间去仔细品读一下李黎的作品，相信一定会受益匪浅。这部作品文字优美，且叙事有画面感，通俗易懂；更重要的是，作品中充满爱、勇敢、因果、推断、智慧、感恩等真善美的重要养料！揭示了现实生活中做人的真谛。

序三

缪鹏飞

（艺术家）

当李黎交给我两叠资料的时候，我有点茫然，不知道是什么。其中一叠开头说：“尊敬的 ×× 先生 / 女士：阁下，您好！”翻开另一叠最末的一页：“……一个大浪劈来，他眼前一黑，失去了知觉。”

李黎毕业于澳门理工学院艺术高等学校，获得视觉艺术（教育专业）学士学位。是我退休后继续担任“创作课程”最后一年的学生。她人很聪明，又是上海人，因此印象特别深。但是，学生来求教我，都是有关绘画上的事，这次确实意外。

慢慢弄明白了，原来，她在构思一部长篇小说，由若干篇各自独立又互相关联的短篇所构成，为此她已准备了七年。故事中的有关情节，她实地去考察，她亲临殷墟，踏足太行山脉……除了中国，当然也有葡萄牙等欧洲国家。这样的编写心路，长期的准备工作，实在算是一件大工程了。

我期望读者能够喜爱这部作品，这是一部集古今中外神话与现实、离奇曲折、虚实并置的作品，除了故事丰满、情节奇突外，书中还有美好的亲情、爱情和人间的正气。我祝贺李黎这件工程的顺利完成。

引　言

人类的精神和生活在传说中不断地进化演变着，文明在朝代更替的历史进程中保留了每一个阶段。

我很难读懂那些非常深奥的理论，但作为一个爱想象的人，常怀一颗童心看世界，好多生活中的景致变得有趣多了。

《一经的故事之褂衣》是《“大地之母——一经的故事”系列》首部开篇小说。最初的构想很简单，尝试把人类几种重要的感官拟人化。那种跳跃、无限延伸及看不见的思维；接受光线及外界符号、形态、颜色的视觉；感觉冷暖和粗柔硬的触觉；品味甜酸苦辣麻的味觉；促进食欲和感官的嗅觉；明辨方向和韵律的听觉等等，它们是故事主角一经的好伙伴。它们随一经在“褂衣”的保护和引领下，穿越时空，踏遍九州。

首篇《一经的故事之褂衣》，内容是为一经的出生做前后铺垫。神器褂衣在故事中选择婴儿一经为小主人，是有原因的。

一经的父亲约瑟对于中国古老文化的向往与探寻是受其父母的影响。爷爷奶奶千里迢迢远洋经商，留驻澳门时生下父亲。一个传统的天主教家庭对中西文化贯通和接纳从他们的藏书以及管家阿祖的敬业可见一般。

一经的父亲孩童时代的生活也深受这种特有的环境影响，为其日后的人文探险及邂逅母亲殷婉儿，继而产生凄美的爱情故事埋下了种子。

要让故事主人公一经肩负使命，帮助人类预防天灾人祸，他除了有神器褂衣的帮助，还需要具备穿越阴阳界碑的异能，没有这个条件，褂衣也难锁定这位婴儿就是未来的小主人。而一经的父亲约瑟曾在一次海难中离奇拥有了这个异能，父亲约瑟相信这不是巧合，爷爷奶奶的失踪，更将彰显那次海难的不同寻常。

故事中的神器褂衣和故事内容一样是虚构的。而与盔甲同时出现的褂衣是在殷商的后人鸟族千年守护下，才得重见天日。鸟族千年来的低调沉默，闭门不闻窗外事，虽然得以幸存，但目的只有一个：保护褂衣的秘密，不被异类发现掠夺去。但是，这个秘密却被约瑟的出现打破了。

身陷脐连洞中的殷婉儿与约瑟，为保护果雅和爱儿一经能安全撤离，与异类展开了殊死的搏斗。他们为此与爱儿天各一方、无法相见。故事中的因果，也将在未来的续篇中得到延续。

随着情节的发展，未来一经团队在被赋予智慧、生命与情感的神器褂衣的保护下，将发扬团队精神，在实践中学习，帮助人类保护环境、驱恶播善。

为了让作品更能贴近中国的人文，我也尝试假借中国古老文化和中华灿烂古文字发祥地——殷墟和巍巍太行山脉作为跨时空创作背景之一，徐徐拉开《一经的故事之褂衣》的序幕。它的故事是虚构的，存在着现实与时空交错的“巧合性”。

怀着这样的编写心路，尝试塑造《一经的故事之褂衣》中的每一个角色。澳门中西交融的文化包容性，赋予了角色质朴纯真、天真烂漫等正面形象，也有滋长着的阴暗、匪夷所思的反面形象。

为了配合故事内容和场景的虚拟，更需要假借天地景物及某些古老的人文习俗，以及结合神奇的传说等手法发挥想象力。在营造穿越时空等视觉奇幻的同时又要构建故事中的人物特性和情节，尝试让读者通过文字内容展开的画面结合手绘图片，领略一次奇异的旅程，它的起点源于我们的本能 —— 爱。

在母校澳门理工学院艺术高等学校的求学过程中，视觉艺术（教育专业）系的导师们对视觉艺术领域独到的见解及敬业精神对我现今的创作也影响深远。结合日后参加了不同类型的进修学习，更进一步提升了个人创作的视野。

多年来的故事酝酿，其实在为写作做准备，这也是我想做的尝试。创作之路的坎坷是每个人都可能遇到的，而在这坎坷的创作之途上，澳门仁慈堂婆仔屋、澳门创意空间、澳门创意产业协会、比利时世界文化艺术交流中心、天趣香港女性艺术家协会、澳门养生会、澳门明建会等展览平台，让本人开阔了眼界；而澳门特区政府文化局等相关机构、TDM(澳门出品)、清华大学（社会科学学院）新经济与新产业研究中心和各方媒体对澳门创作人的支持更让我深受鼓舞。与澳门本地多个文创社团的常年交流，既增进了友谊，也看到了个人创作方面的不足之处，这里是本人创作旅途的起点。

《一经的故事之褂衣》在创作过程中遇到的困难已经微不足道，因为过程中那种被关爱着的感觉，是欢欣也是鼓舞，它令创作旅途有了温馨、活力和阳光的陪伴。

仅以此故事献给所有支持过的家人和朋友们，非常感谢！

第一章

故事要追溯到周武王朝后期，殷商的后人“鸟族”为了保全族人不被流放或加害，被迫迁往背靠洹河的太行山偏远的深山密林，以打猎为生。他们非常低调地生活着，用捕获的猎物与山外的居民换些日用品、麻布和食盐，与天地同歌，与日月同行，与洹河共存。

层峦叠嶂的太行山脉，刀削斧劈般的深涧峡谷，隐藏着不为人知的诡异和危险。洹水顺着平原山地的走势一路奔腾，穿林过洞，滋润着沿岸所有的生灵。

一个春末夏初的清晨，朝霞如常穿过厚重的云层，在山陵上空挥洒出一片五色斑斓的霞光。眨眼间，太阳已经顶着橙黄色的光晕跳出云端；清澈透底，蜿蜒东流的洹河水，波光粼粼；又逢云雾升起，从远处眺望，密林上空犹如玉龙盘飞，景致怡人。

族人们的村落就隐蔽在树林后方的山峦中，只有猎人们知道如何避开密林里的凶险，到达后方山峦中的家园。此刻，洹河岸边闪现一个身着麻葛布衣、兽皮裹足的猎人。他身背细长的白毛羽箭，右手持弓，左手提着个装得鼓鼓的麻袋，沿着刀削般的石崖，避开突兀低矮的崖石，悄悄地移近埋伏在灌木丛中的族人头领。

头领闪的装束和他身边的族人一样，只是在他宽宽的前额中央刺着个鸟形图案，随着他眉宇锁展，鸟形图纹像在扑闪着翅膀，非常特别；用兽骨束起的头发随便在脑后盘成一个发髻；他那毕生练就的猎人之耳抽动着，没放过任何细微的声音。

借着灌木丛的掩护，闪已发现了一只五色梅花鹿，他好兴奋，但不敢出声，生怕惊走“祥鹿”，他的目标是和族人活捉这只“祥鹿”祭祀天地神灵。

为了避免吓走“祥鹿”，闪示意靠近的猎人蹲下，他想等“祥鹿”再靠近些才收网。

猎人们在发现“祥鹿”的地方刻意堆放了一些奇花异果，香味还真吸引着这只鹿角坚挺、强壮有力的雄鹿缓缓踱出树林。它探头探脑地伸长颈脖，优雅地耸动着黑湿湿的鼻子，想判定诱人的香气确实来自前方那堆东西。雄鹿警惕地不断嗅着，迟疑地迈向那堆花果。陷阱布置得很巧妙，嫩绿的叶子和清香扑鼻的果实铺在最上层，引诱着这个梅花斑纹五色清晰、毛色光亮油润的家伙，它正一步一步、瞻前顾后地接近那个铺满诱惑的陷阱。

突然，“啾—— 啾——”苍鹰的叫声透过云层传下来，惊动了这只就快落网的“祥鹿”，它开始防备地向后退。闪怕错失良机，抬手向前指了指，示意猎人们包抄过去。

雄鹿纵身跃入密林向远处逃去。猎人们不想放弃多日来的努力，义无反顾地追入密林。林中树木枝繁叶茂、遮天蔽日，阳光也无法全部透入。数不清的树枝和藤蔓遮挡着视线，追着追着，闪和猎人们便难以辨清“祥鹿”逃离的方向了。林海深处虎啸声声、狼鸣熊嚎，显得阴森恐怖，人鸟却步。

猎人们熟悉这块山林，虽然今天和族长走偏了林道，也毫不担心。在密林中狩猎，他们尊崇古老的规矩，林中的“地灵”不得打扰，即使快步如飞地追赶着猎物，也不得大声叫唤。据说，被打扰到的“地灵”，会不分昼夜地跟着你，在你疲惫的时候变成你心中的欲望，让你迷失。然后，它们会慢慢蚕食你的灵魂。“鸟族”信奉鬼神，祭祀神灵和先祖也是他们日常生活的一部分。

林中的阴冷驱除了暑热。那位手提麻袋的猎人跑在最后，他正往猎人们经过的路上撒着外壳染成红色的坚果，这既是慰劳守护密林的“精灵兽”，也是作为标记，防止族人迷失于密林。

传说见过“精灵兽”的人都惊奇它们大头小身的模样：龙头蛇尾，以独脚撑地，以两个细小的前爪抓食坚果和昆虫，有时就像蛇一样盘在枝杈上瞭望着，独脚可以缩回体内，尾部支撑身体，抬头远望的样子就像密林守护者一样。

接近中午，林中还是很暗，阳光无法全部透过这片密林，阴暗处好似藏着某些非常危险的东西。“咕咕—— 咕咕——”

密林深处传来几声猫头鹰的叫声，还夹杂着一些坚果被踏碎的爆裂声，偶尔有飞禽拍打着翅膀从猎人们的头上越过。

闪带着猎人们小心地向前走，眼看越走地面越湿软，越走越下陷，“不好！”当他们警觉时，已踏入一片沼泽地。

白色的浓雾，不知何时开始包围了他们，沼泽浑浊的泥水不时泛着泡泡，发出“啵啵”的声音，不知不觉中，族长闪竟然和族人们走散了。

沼泽地里布满未知的危险，以前捕猎他们都会避开每一片沼泽地，但今天林雾来得太快，没有给他们回撤的时间。

闪需要尽快回到平地，不然的话，沼泽水蛭会吸干他的血。闪深吸了一口气，让自己冷静下来，并尽量使身体保持着平衡，跌入沼泽地，一旦乱动，必死无疑。庆幸的是，脚跟还能感觉到一些树根似的硬物，这让他稍微放宽了心。

“就快回到平地了。”他安慰自己。

沼泽的吸力，令闪摇摇欲坠。他竭力保持自己上身的平衡，不敢多想齐腿处的泥沼里会藏着什么东西。当他双手又触到林地上的树根时，眼前的白雾却似在消退。

沼泽被绿色的浮萍遮盖着，透过正在消散的林雾，他隐约看到有些沼泽泥鳅拖着长长黑黑的身子在腿边暗暗游动着。

闪一刻也不想停留，可当他急切地将左脚从沼泽内抽出来的瞬间，那块包脚的牛皮被一张满口尖牙的鱼嘴扯进了沼泽地！

“啊！啊！”闪被吓得叫了起来。

太突然了，这一咬的力气好大，整张包脚皮被扯走了，皮肤还感觉到那鱼怪尖牙的硬冷，贴着他的左脚跟冷冷地擦了过去。

“哎哟！那是什么怪鱼呀！”闪脑袋“嗡”的一声，惊得灵魂都快出窍了。

他来不及喘口气，光着未被咬掉的左脚连滚带爬地跑上岸，心有余悸间，他瞟了一眼背后的沼泽地，依稀还能看见那双隐藏在沼泽深处窥视着他的鱼妖眼。

惊魂未定，光着左脚的闪头重脚轻地继续找寻来路。忽然，“嚓”的一声，一只变色蜥蜴从他脚前窜了过去。这类蜥蜴身上的颜色会随着时间按绿、黄、蓝三种色调交替变换，早、中、晚都不同。闪凭经验推断，此刻已经接近未时。

闪停下脚步，竖起耳朵，辨别着来自周围的声音：当周围草丛连虫鸣声都戛然而止的时候，说明有最危险的食肉兽正在你的背后虎视眈眈地瞪着你，只等着猎物把头一回，它们就开始攻击。此时，林中传来几声老虎的咆哮，周围的空气也被震颤了，但暂时应该不会威胁到他的安全。

闪谨慎地用树枝拨开前方可能隐藏着毒蛇或其他爬虫的树丛，为自己扫清前进的障碍。

密林迂回复杂，处处都一样。他根据野生蘑菇的长势辨别着方向，周围开始出现高大的红豆杉和柏树，挺拔而沉静。林海深处不时回荡着虎啸狼嚎声，震得树枝一颤一颤的。

闪“嗖”地抽出护身铜剑，剑身呈闪亮的红铜色，铜铸的鸟头剑柄却呈青铜色，剑柄中间部位镶嵌着正反两颗红宝石，晶莹透亮，火红如烈焰！

忽地，一道红光略过闪的头顶，他手中的铜剑好像产生了磁力，被这道突如其来的光吸得飞了出去。出于本能，他腾身向前一跃夺回了铜剑。但一切来得太突然了，他根本顾不上看清脚下的地面，落地的瞬间，却掉入一条张着大口的地缝！

他的身子顺着地缝口快速下滑，脸颊擦过冰冷的石面，牙齿上下磕碰着，差点儿咬了自己的舌头；一些尖石类的东西刮削着他赤裸的左脚，撕心裂肺般的疼痛瞬间袭来。

剧烈的痛楚阻断了他的思维，他的右手本能地拔出铜剑，并迅速扎入石缝，这个超能反应，保住了他的性命；他的左手顺势一抓，抓住了一条植被根茎，瞬间的借力稳住了下滑的身体；他将右腿抬高数寸，用膝盖顶着粗糙的岩壁，大口地喘着粗气。突然，他感觉到一股阴寒之气迅速包围了全身；他屏住气，尽量让自己冷静下来以看清眼前的形势。

时间一分一秒地过去，他感到头很晕，身子好沉好沉，而且很痒。突然，他看到地缝深处有些扭动的生物正向上爬着。

“噢，天哪！”闪暗叫不好，那些“地虫”正向他袭来！

“地虫”专吃跌入地缝中的动物和尸体。受地气的影响，它们身体的颜色是青绿色的，两只眼睛就像两个无底的黑洞，眼球还会从眼窝里探出，非常恐怖。

闪惊恐极了，那些在梦中才出现过的虫子正伸长脖子，鼓着眼睛，扭动着多脚的身体，张着大口向他咬来！惊恐令他想大叫，可是嗓子发不出一点儿声音。

他赶紧抽出铜剑，使劲儿向下斩去，但顾不上看结果，手脚并用，迅速向上爬去，费尽力气才逃出了地缝口。

“呼哧——呼哧——”闪坐在远离地缝口的地方大口喘着粗气，过了好一会儿，他才抬起头看向刚才遇险的地方。那是一条隐蔽在石头和树根纠结处的裂缝，宽不到一米，隐隐约约延伸至密林深处，晚上根本就看不见。

裂缝内好像还翻滚着一些气体，“地虫”没有再爬出裂缝来咬他，这个地缝应该就是族人们常说的“吃人魔缝”了！

传说，这些隐藏在密林中的“魔缝”吞吃任何经过的生物，“魔缝”里的毒气，几分钟内就能麻痹任何不小心滞留的生物并慢慢致其死亡，然后恐怖的“地虫”便蜂拥而上饱餐一顿。“魔缝”开启是没有固定模式的，而且时间、地点也不同，今天闪终于见识到它的诡异了。

“好险，差点就没命了！”闪回想刚才的惊魂，心有余悸，他将铜剑插回剑鞘准备找路离开。

“啊！”左脚的刺痛令他无力地跌倒在地，身子撞在一棵千年槐树上，伤口血流如注，深可见骨。他用力从衣服上撕下一条麻布，然后散开发髻，拿出藏在头发内的一包解毒药粉。药粉添加了龟骨粉，能清理伤口并消毒。他将药粉撒在伤口处，看着伤口透过药粉滋滋地冒着血泡，包上麻布，一阵透心的凉意传来，药粉起作用了。他又撕下些衣衫上的布条包扎好伤口，祖辈传下来的秘方，此刻非常管用。

闪内心很不安，今天的运气不好，不但失捕“五色鹿”，还和族人们走散了，甚至连自己的性命也快搭上了！他抬头向上望，密林的光线很暗，回忆着十天前所占的那一卦：“卦象是吉啊！何来危险？那句验辞‘允采果’究竟寓意何在？”他苦思冥想着。

身旁那棵槐树“枝态”万千，无数藤蔓纠结交错，不时发出“沙沙”的声音，好像在叫着他的名字。闪觉得好奇怪，再仔细向上望去，在大槐树树干离地大约三米处的枝杈上悬挂着一件红色衣裳，轻盈地前后摆动着。在一个深山老林中，凭空出现这样一件衣裳，非常诡异。“莫非有人恶意捉弄我，看我行动是否方便，趁我虚弱来抢我的护身宝剑？或将我绑了去领赏？”种种念头在他脑海里闪过。

闪甚至以为有人藏在大槐树后换衣服。这样想也是很正常的，但此地是深山密林，前不着村，后不着店的，还有谁会来这个危机四伏的荒山野岭露宿？

犹豫间，他壮胆似的大喝一声：“哼，树后有人吗？需要帮忙拿衣服给您吗？”

等了一会儿，也不见任何人影和答复，而他的叫声却引来了一声熊的咆哮，“嗥——”空气都为之震颤了！这是闪最不希望听见的声音，声音里充满了饥饿感和被打扰的愤怒。

虽然还有铜剑护身，但从吼声判断熊离他并不远。这是一头外出找食的熊，凶猛异常，让它拍一掌，整个头盖骨都会碎掉的！

闪的爷爷年轻时在密林中砍柴，曾遇上恶熊斗野猪，爷爷明智地躲在树上一天一夜不敢下来。他亲眼看见恶熊一掌劈开了那头凶悍野猪的脑袋，倒提起野猪把它撕烂了，血肉和内脏散落一地。熊也不吃，扔在了一边，气急败坏地继续找食。

闪清楚地意识到情况对他非常不利。

“熊会不会闻到我的体味，找来这边袭击我？”他的那身短打褐色麻葛布衣已经被汗水浸透；两只招风耳不停地听，不敢听漏任何对他有危险的讯号；额头上那个鸟纹图案纠结得收起了翅膀。

闪将注意力又集中到那件正挂在树杈上飘荡着的衣裳。衣裳的图案绣工奇特，纵横交错的红杠杠像一支支浸满鲜血的利箭，红光乍隐乍现，在枝叶间荡漾出一团团奇异的光晕；随着衣裳的晃动，杠杠组成的图案泛着红光，有节奏地闪耀着，一波波地射向周围，让人不敢正视，诡异非常。

“猛兽异禽可能惧怕红光所以不敢接近这棵槐树吧？不然的话，我可能早就被那头外出觅食的恶熊给撕了！”闪忐忑不安地猜想着。

闪拖着受伤的左脚谨慎地往前挪着，慢慢来到了树下。他捡起一根树枝，踮起右脚，伸长手臂挥动手中的树枝拨动那件衣裳，但树枝被晃动的衣裳弹开了，试了几次都没成功。闪想放弃了，还自嘲道：“身外之物，不取也罢了。”

闪不想再耽搁下去了，夜晚一旦降临，密林将变得更为凶险，很快就会有更多的熊、虎或其他野兽闻到他伤口的血腥味并找到他，他将成为它们的猎物。气急之下，受伤的左脚又传来了钻心的疼痛。

闪发现槐树下有一块齐膝高的岩石，他费力地站了上去。这次闪拔出了铜剑，铜剑的长度刚好可以挑起那件衣裳。

闪将剑尖小心地挑入那件衣裳的衣袖，嘴里还在嘟囔着那句话：“身外之物，取不到也罢了！”随便说的一句话，就像咒语“芝麻开门”般灵验，只见那件红衣裳上面的条条杠杠在旋转中松开了，衣裳飘然而下，落在了闪的脚边。

闪被眼前的景象吓蒙了，一个趔趄没站稳跌倒在地，屁股被林地上的枯树枝戳得生疼。他强忍着疼，移近衣裳查看，自始至终他都没搞清楚衣裳是怎么掉下来的。“我们‘鸟族’打猎时也见过很多异象，这件衣裳诡异得无法解释呀！”他这样想。

“难道这件衣裳是神赐予我的礼物？但它有什么用呢？”他深吸一口气，花香入鼻，心情逐渐平静下来。他迟疑着捧起衣裳，壮着胆子开始端详起来：手中的衣裳光彩夺目，直觉告诉他，这件衣裳很可能是传说中夏朝的护身降魔兵器“褂衣”！闪努力回想着关于这件神器的传说：

“传说，褂衣是与一套护身盔甲一起出现的，那是在夏朝少康年间。那一年的某一天，天现异象，祥云飞舞，彩霞满天，有天外之物飞抵大禹陵墓。开始，族人们以为是天神降临人间，纷纷顶礼膜拜；最后才发现，原来是一套盔甲和一件褂衣。后来，部族战争爆发了。族长穿上盔甲披上褂衣，驰骋疆场，所向披靡。从此，褂衣作为神器被族人们世代供奉。然而，除了最初的族长可以穿上褂衣，后人却再也无人能得此褂衣青睐。再后来，有一个本族祭师将此物藏了起来，但祭师为什么这样做，却无人得知，慢慢地，褂衣被族人遗忘了……”想到这里闪不敢再想下去了。

“那么，铜剑和褂衣到底有什么关系呢？怎么铜剑就可以挑下褂衣，树枝却不行呢？奇怪，真的很奇怪，可能是天意如此吧！”无数问题萦绕在闪的心头，不得其解。

看着手上这件衣裳，闪陷入了沉思。这时，猎人们呼唤他的声音由远及近。

“族长——您在哪儿？族长——！”喊声让密林骚动起来，一时间各种鸟兽的惊叫声搅乱了林中的宁静。

“大家这么大声，不惊动‘地灵’才怪！”闪忧心忡忡。为了不让这件“神器”惹起无谓猜忌，给族人带来不测，他决定秘而不宣。他迅速将褂衣藏于腰间，抽出铜剑，循着族人的喊声，拖着疼得发麻的左脚艰难地向前挪动。

就在闪离开槐树之后，一层白色林雾不知何时已贴着地面四散开来，渐渐地，那棵千年槐树也随着林雾消失了。

时光荏苒，光阴似箭，三千多年过去了，殷商后人“鸟族”依然守护着传说中“褂衣”再现的秘密……

第二章

1912 年春末，澳门内港码头熙熙攘攘，挤满了即将登船前往广州和香港的旅客。南方的骄阳红似火，毫不留情地暴晒着外露的建筑和人群。码头不远处几个船工甩着膀子从船上卸着货，一边搬货，一边嘿吼嘿吼地吆喝着。不少西洋帆船也停靠在内港码头附近的港湾处，大大小小的三桅船形成这一带内港的靓丽风景。

在散发着海草味和汗味的码头休息厅，人头攒动，大人们成群地围着各自的行李热聊着，有些无聊的孩子就地打弹子玩；老汉们则围圈下棋，打发着候船时间，小孩的哭叫声、大人的说话声、小贩的叫卖声已盖过了检票员招呼客人上船的声音。

葡籍工程师约瑟戴着灰色礼帽，身穿黑纹白底蚕丝对襟褂，白色棉料休闲裤，从头到尾的打扮既随意又不失儒雅；他手提着藤制旅行箱，大步流星地走进检票厅，刚好赶上登船的号令。

那个有着一头非洲式卷发的检票员主动上前为约瑟检票，并用葡萄牙语打着招呼："早上好，先生，欢迎您乘坐'吉安'号，安检后您请往 A 号登船口上船。"检票员黝黑的肤色配以褐色的眼睛，让他看起来充满热情。约瑟一边接过画好位的船票，一边摘下礼帽继续往登船口走去。他随意环顾四周，A 号登船口没有多少等待登船旅客，看来头等舱的旅客不多。

天气闷热异常，码头上去往广州的旅客正在登船，有些拖儿带女的一家子，父母照顾着最年幼的，姐弟们拥着父母，互相照应着上船。

大多数人都带着行李，去一次广州也挺远的，吃的用的多少都得带些。底层船舱内，座位已经差不多坐满了，没座位的旅客，干脆坐在了自己的行李上。

在前往 B 号登船口的队伍里，一位戴着斗笠、挑着两小筐荔枝的跛脚老汉被人群推挤着，眼看荔枝筐就要被打翻了，约瑟经过，本能地扶了老汉一把。他不忍心看着老人家掉队，于是一边帮老人扶着荔枝筐，一边用洋泾浜广东话和前排登船客打招呼，请他们行个方便，让跛脚老汉排前些登船。见到洋人约瑟的举动人群里没人反对，大人孩子都向约瑟行着注目礼并默默让路，以方便这个洋人扶这位跛脚的老人走上舷梯。老人低着头不断地感谢着，并随手在筐内抓了一大把荔枝放进约瑟的礼帽中，令约瑟哭笑不得也无法推却。老汉已经踏入船舱，男检票员提醒他："阿伯，小心台阶，别摔到了。"斗笠遮着老汉的脸，约瑟没看清他的长相，但这些也不重要了。

B 号船舱内，已经挤满了旅客。由于是普舱，显得很拥挤，但所有人都没有抱怨，他们都习以为常了。到广州有七八个小时的航程，届时连甲板上也会坐满旅客的。

约瑟手捧礼帽，提上行李箱，慢慢走到 A 号登船口。在他前面，一个淑女打扮的葡籍美妇打着粉色绣花遮阳伞，被一位俊男绅士轻拥着。那把典雅精致的小伞伞骨外缘装饰着粉紫蕾丝，像一朵飘逸着的蒲公英，与码头的嘈杂拥挤形成了鲜明的对比。约瑟礼貌地站在后排保持距离，等待他们先登船。“每次来，都受不了这里的味道，又热又吵，像街市一样。”那位绅士用葡语抱怨了一下。打着小伞的美妇侧身扬眉望了约瑟一眼，没有接口，脚也没停，在俊男的轻拥下优雅地登上舷梯。她用的玫瑰香水一路飘香，沁人心脾。约瑟是最后一位登船的旅客，当他登上“吉安”号，一位穿着白衫打着领结的服务生已在船舱口等候，他熟练地依票安排约瑟入座，并很快端来了咖啡。

“先生，您的咖啡，售卖部今天有美味的牛肉卷和鸡蛋布丁。”服务生轻轻地介绍着。他指着桌上的一个电源按钮，“您需要订餐请随时按铃，祝您旅途愉快！”男服务生将一小杯Bica和糖轻轻地放在约瑟座位前的小桌上，这种用咖啡机做出的浓缩咖啡，香气四溢，但味道很苦。“谢谢你的提醒，有没有今天的报纸？”约瑟习惯性地问道。阅读新闻是他每天的必备工作，他还是充满希望地等待着，期待某一天能在报纸上发现父母生还的奇迹。那份从小埋在心里的伤痛还没有愈合，只不过隐藏了起来。“对不起，先生！报纸刚派完了。”服务员职业性的话语让人感到亲切中带着些无奈。

还未入夏的天空，刺眼的阳光已经在海面上展示着它的威力，仿佛提醒人们谁在主宰这个世界。约瑟眯起双眼望着船舷外慢慢后退着的内港景色，思潮起伏，一丝眷念又浮上心头，挥之不去的那层多年来的忧伤，每次在他看到大海的时候就会隐隐作痛。当然，他还有着卢济塔尼亚人性格中的执着。

每当面对海洋，他就会记起那首史诗："……告别了卢济塔尼亚的西部海岸……横跨亘古渺无人迹的海洋…… 不畏艰险，勇往直前…… 超越了常人力量的极限……"伟大的葡萄牙诗人贾梅士赋予诗歌的葡国魂让他振奋，血液沸腾，也黯然神伤。

几个中年葡萄牙绅士穿着时髦的洋装，叼着烟斗倾谈着，其中一个还礼貌地和约瑟打着招呼，约瑟习惯性地抬手示意，才发觉已经脱了帽子，他用微笑回应了那位同乡人。看着那堆荔枝粒粒饱满地躺在帽中，他剥了一颗入口品尝。

"好甜的荔枝！"约瑟心里称赞荔枝的鲜甜，也感慨那个老汉的淳朴。

"澳门太小了，走到任何地方都有熟人的影子。"他边想边继续品尝着荔枝。吃完最后一颗荔枝，他掏出手帕抹了抹嘴，转头望向船舷外的海面，斜对面的那个熟人识趣地继续和旁边的友人聊天，不再打扰约瑟的自得其乐。

三月的天气，湿热非常，江海混流形成的内港航道，好多帆船暴晒在潮热的阳光下，渔民们在帆船上搭起个遮阳棚，遮蔽日晒和雨淋。湿热的空气，灼热的阳光，无法赶走澳门内港的热闹和活力。港口内的凉茶铺生意出奇地好，路人经过，喝碗凉茶去湿解渴也是本地人的习惯。

约瑟这次去广州之前特意发了份电报给养父，那个正在安阳做生意的范氏药铺掌柜人范达，他现在正在安阳置货。约瑟在电报中将从广州出发去安阳的时间告诉了范达，麻烦养父帮他在安阳随便腾个地方小住几天，然后再从安阳市的洹河码头出发去小屯村初探“殷墟”。他还特别说明：此次出行由于是临时性的决定，不便之处请养父母谅解。

“吉安”号客轮吐着黑烟起航了，汽笛短鸣声，打断了约瑟的沉思，他坐在白套布靠椅上，目光越过船舷，感受着沿岸的风景。

东望洋灯塔屹立在崖岸峭壁上，像个英武的哨兵在站岗；

西望洋圣母堂在阳光下泛着圣洁的光；那座主教山和小堂也在约瑟的眼底下渐渐远去了。

“吉安”号正在驶向外港区，海水渐渐变得不再平静，所有在内港避风的船只在改挂了3号风球后，都恢复了航行。海面风还是很大，客船在汹涌的海浪上颠来颠去，颠簸使船舱里的一些旅客差点儿跌下椅子，桌面上的几个咖啡杯也打翻在地，发出很大的碎裂声，这让乘客非常不满，引来了一阵骚动。

“这种客船虽然装上了螺旋桨发动机，但稳定性还是那么差，旧船总该要淘汰的。”约瑟想着，手里还紧握着那个空咖啡杯。

客轮继续行驶在波涛滚滚的海面上，海鸥盘旋在船舷四周，不时凌空而下捕食着小鱼；时不时有几艘中国捕鱼船经过，却没有发现洋面上那几只欢快跳跃着的中华白海豚，它们首尾相连地跟着“吉安”号进入外港海域。

约瑟被客轮颠得难受，解开几颗上衣衣扣，潮湿的海风吹着他古铜色的皮肤，他的举动吸引了几个年轻葡籍女士朝他投来异样的眼神。

约瑟相貌堂堂，脸很有型，棱角分明；上唇留着两撇标志性的宫廷胡子；棕褐色的头发微微带卷，但修剪得体；配上那双忧郁的眼睛，沉稳的外表带点儿野性，是那种举手投足间都会电到女人的男人。但他偏偏被中国神奇的文化所吸引，在失踪的父母那里他听说过《易经》中的阴阳五行学说；在中央图书馆他翻阅过《孙子兵法》，被其“形兵之极，至于无形”的思想所折服；而《三国演义》中的智贤军师诸葛亮积劳成疾而死，令他更感到惋惜；他在澳门的朋友家还借阅过手抄的《金瓶梅》。

他经常会走神，幻想着面前放一副中国象棋，自己正和某个古代将帅对弈，思考对方会用怎样的手段出奇制胜，自己又该怎样抵挡。他的某些举止令那些最初仰慕他的女朋友最后都无法忍受，只有熟悉约瑟的人知道他是绝对正常的。养父母范达和果雅就是这样认为的，他们从来都没有怀疑过约瑟的独特，更没为养子行为的怪异感到诧异。

经过长时间的颠簸航行，“吉安”号终于在黄昏的余晖中徐徐驶入广州水域，它嘶鸣着，狠命地向空中喷吐着黑烟。

两岸的岭南秀色在最后一抹晚霞中尽收眼底。约瑟痴迷于这种如水如墨般的风景，以至于轮船抵岸，服务员前来关照他提取行李时才回过神来。

当天幕上又一次挂上月牙和星星，“吉安”号上所有的旅客都下了船，约瑟才不慌不忙地站起身，伸伸腿，直直腰；他戴上帽子，提上行李箱，在与服务生的道别中踏上了广州码头，这时候天已完全黑了下来。

广州的街道上已经灯火辉煌，肩搭毛巾、头戴毡帽的人力车夫们卖力地向这个洋帅哥兜着生意。约瑟客气地一一回绝着，他想在码头附近找个旅店歇脚，明天一早可以方便在歧关车站买好去南雄的车票，顺便一路赏景，虽然去安阳的路途需要花费一两天的时间。

广州码头周边的街道上摆着好多小吃摊：有卖烧鹅的，有蒸肠粉的，还有特色瓦罐艇仔粥……美食散发的香气令饥肠辘辘的旅客蜂拥而上。

小贩们更加起劲地介绍着自家的独创小吃及传统手艺的自创特色。老字号凭着名号来卖，新、优、惠的凭着色香味来卖，每个摊档都能吸引路人围观欣赏和品尝。有个看上去像来自中原的捏面人更绝，他将捏好的历史人物放在左手边的面人架上，喜欢的可以买，并说明不可吃，只限观赏；右手边放着个推车，里面有个油锅，好多人围着他，要他捏动物和家畜。约瑟好奇，站在人群外围，他人高，看得清楚。有客人点了鱼和鸭，那个捏面人熟练地将食用面团捏揉了几下，用小竹片灵巧地刻、点、切、划，塑成鸭身、足蹼、头和面，再按不同的毛色涂上有色面粉装饰，顷刻间一只鸭完成了。更绝的是，他将面鸭放入油锅一炸，哗，奶香四溢！不多时，一个炸得金黄的面鸭起锅了，他在鸭身上撒上芝麻和白糖递给那个客人。这样的手艺看得约瑟也想买了，但一定不舍得吃。

隔壁那个卖传统“鸡仔饼”的摊档，不但给试吃，还有师傅示范制饼绝技，吸引着一大群大人小孩拥着围观，也好不热闹。

约瑟被这种中国南方的市井风情吸引着，虽然没有继续凑热闹围观，但早闻广州美食天堂的大名，这样的羊城美景和美食当前不留几天体验一下怎行？他边走边看，肚子“咕噜噜”地叫了起来，他也真的感觉饿了。

码头附近临街边的一个烤鸭档，是约瑟喜欢的口味，挂着一排排烤得热辣脆黄的市井烧鸭。香味刺激着约瑟的食欲，于是他提着行李箱，又操着一口洋泾浜的广东话，向卖市井烧鸭的小贩买了几个烧鸭腿，小贩很高兴这个洋人的惠顾，附加送了一碗青红萝卜猪骨汤。

拎着一袋食物，约瑟径直走向前方江湾堤坝旁的石凳，也不顾体面的衣着，将就着坐下，开始美滋美味地啃起烧鸭腿。他一边吃着，一边将骨头赠予前来讨吃的狗儿们。那些狗很听话，在他身边围了一个圈，静坐着，不打扰他享受美食，但却个个眼馋地望着他嘴中的食物，眼神随着约瑟的咀嚼而变得有些急不可耐。其中一只可能是狗儿们的头领，每次约瑟扔出的骨头，都由它先享，其他狗儿都不敢和它争夺。

就这样，约瑟被一群狗包围着，一边享受着广东风味小吃市井烧鸭腿，一边悠然自得地欣赏着广州珠江岸边的万家灯火。

约瑟的举动引起在码头附近流连的老鸨注意。民国了，生意却没有以往那么好了。她一早就看到了这个提着竹箱的洋人，一副远行的样子，却又走走停停，不像个赶路的生意人。

她眼珠一转摇着肥臀上前搭讪："先生，您要住宿呀？我们那儿有个好住处，既清静又离车站近，价格又便宜，还有……嗯？”

老鸨也不明说，只是向约瑟眨了眨金鱼眼，扬了扬长长黑黑的弯月眉。约瑟留意到这个女人眼眉中间有颗美人痣，照说应该很美的，怎么长在她的脸上就像粘着颗鼻屎一样呢！

约瑟虽是个洋人，但性格比较朴实，不世故，对女人不存太多戒心。他用纸擦了擦油嘴，正想回她话，却被身后一个老汉的声音打断了：“嘿，先生，您不忙做决定，我们五羊饭店住宿包伙食，早茶肠粉、虾饺、蛋挞、凤爪、艇仔粥、咸水角、糯米鸡、伦敦糕任选，只需一吊钱！”

老汉一边说，一边站到约瑟面前，这是一张历尽沧桑、胡子拉碴的脸，他刻意背对老鸨并遮住她的视线，向约瑟使了个防人警惕的眼色。出门在外，约瑟也不想招惹是非，本来很好的心情被破坏了，听到老汉的介绍很合自己的心意。

“这个世道挣钱不容易，一吊钱要管那么多的服务，哪里找去？”约瑟心里暗想着，口上答应了老汉去他们那里看看。他高兴地跟着老汉往五羊饭店方向走去，身后的老鸨气得用土话直骂他是个洋龟孙子。

约瑟稀里糊涂也听不懂老鸨骂什么，他跟着那个老汉只走了一个街口就到了五羊饭店。这是一座中西结合的岭南建筑，浅灰色外墙，店门外以方形大柱做装饰，简单大方。

约瑟特别留意到二楼亮着灯的露台，有些欧陆风范，露台外墙用的是漆成白色的方砖，还用了一些玻璃纹样图案做装饰，很雅致，和街道上的繁华形成了对比。

约瑟随老汉踏入五羊饭店大堂，映入眼帘的是五只可爱的木雕小绵羊，好像在欢迎顾客的光临。正对大门的墙上挂着一副“宾至如归”的书法，书法自然洒脱，如行云流水，一气呵成。

约瑟喜好看书法，正琢磨着字意，从餐厅内柜台走出个笑容可掬穿长褂的店老板向他招呼着：“先生！里边请，看不出您是洋人也喜好书法？”店老板客气地问话，一边打着迎宾的手势将约瑟请进餐厅。

约瑟走进餐厅，他的模样吸引了许多正在用餐的顾客的目光，他们瞪大眼睛望向这个“鬼佬”，有几个吃客甚至“哇”地叫了起来。约瑟住惯澳门，知道广东人看到新奇的人和事物都会“哇”叫几声的，他早就习惯了。

老汉直接将约瑟交给掌柜的，转身又准备走去码头拉别的客人，约瑟忙在他手里塞了几个小钱，算是答谢，老汉不断道谢。

“先生您住好喽，有事唤店小二服务就行！”老汉也没再多说，转身大步走出饭店。

老板笑容可掬地递上登记薄：“先生，您也想留宿吧？二楼有客房，方便写个名字吧？”

约瑟接过笔利索地签了名，心想：“这里够干净宽敞的，价格又那么便宜，不住才傻呢！”

老板看着登记簿上的签名，读不上来，约瑟重复地说了几遍“约……瑟……”的广东话发音，老板竖起大拇指，夸约瑟的广东话说得够地道。

他指着自己介绍道：“我姓高，名幸，大伙都称我‘高兴’，哈哈，宜记！”老板的话，让那些伸直耳朵边吃边偷听的吃客，全场哄笑，餐厅气氛顿时又轻松起来。

借着登记房间的机会，约瑟知悉高幸祖籍江苏，很小就随父母来广州谋生，这间五羊饭店是祖业，他接手打理后，生意比以前红火多了，靠的就是食住一条龙服务。

高幸越讲越高兴，他说约瑟有贵人相，未来或许还能碰上神仙呢！几番话说得约瑟心花怒放，哪个人不喜欢给人夸上几句呢？

“阿二，带客人先到楼上大房看看，约瑟先生需要什么，我们小店都尽可能准备！”高幸大声嘱咐小二。

“是，掌柜的！先生您这边请！”店小二热情地招呼着，顺手接过掌柜递上的房间钥匙，忙不迭地帮约瑟提行李上楼。

约瑟跟着小二上了楼，二楼临过道有五六间客房，正对楼梯口的供台上用神香和鲜果供奉着一个观音菩萨坐莲的神像，观音菩萨面带禅意的笑容。

约瑟非常喜欢《山海经》里的神话故事，看到观音菩萨像，倍感亲切。加上这间饭店的雅致宽敞，让他突然感觉到一丝倦意，有倒头大睡的冲动，同时心里还捉摸着明天怎样去广州市区内走走看看。

在走廊尽头，小二为他开了那间八号客房。约瑟打赏了小二，小二不断用广东话叮嘱他早餐六点开始，晚上想逛羊城的话，他可以代劳叫人力车。

合上门，约瑟打量着八号客房，房内陈设都不算太旧。一排中式的藤制躺椅放在落地窗前，白色窗幔是放下的，同色蚊帐罩在铺有草席的藤床上，一进门就感觉非常凉爽。

“呵呵，这家饭店服务真不错，房间里还有一个西洋式的浴室，真难得！”约瑟暗喜自己的运气还不错。

这次安阳之行，他准备去殷墟所属地安阳郊外的小屯村，想进一步探寻昔日殷商古文化的辉煌。自从上次在范掌柜的澳门药铺看到刻字的“龙骨”，他就迷上了那些甲骨文。无巧不成书，范达刚好祖籍安阳，约瑟希望多找些带字的“龙骨”作为收藏，不找养父范达帮忙能找谁呢?

而养父范达祖上曾是朝廷派驻澳门的官员，家大业大，辉煌过一时，到了范达继承祖上的产业时，家道已经没落多时了。凭着范达的人际关系，他在澳门和香港两地经商，这在文化传统比较封闭的安阳来说是绝无仅有的。也亏得秦始皇开凿了梅岭古道，方便了中原和南方的商旅交往。近代火车的开通更方便了安澳两地经营中药材生意的范达置货。

约瑟此刻躺在五羊饭店的藤床上，想着养父范达为何叫他早买票、早些上路。羊城那么美，不光繁华街道值得走走，华林寺、怀圣光塔寺、圣心大教堂等几处家喻户晓的古迹更值得一看！房间桌上放着《羊城名迹指引》，这又是五羊饭店招客的绝招，留住客人越久越好！

抬眼望着天花板上那个三叶吊扇，“这个‘高兴’老板真厉害，吊扇在澳门也是奢侈品，平常人家不会有，这家伙一定认识很多洋人，或者他也是个搞收藏的。”约瑟心里想。约瑟将吊扇绳拉了几下，它开始慢慢地转着，像个西洋的风车，把约瑟的思绪又拉回了澳门的家。那里已经没有了昔日父母欢快的谈笑声、钢琴优雅地弹奏声、妈妈甜美的嗓子唱颂出的哀怨的Fado、爸爸教他下棋时那伟岸的背影，只留下了纯粹伤感的回忆，就像葡萄牙的诗歌散发着悲凉沧桑的气氛，他孤独地挣扎在这份痛苦中。住在澳门越久，约瑟越能理解中国文化初始吸引他的那份质朴感，以及超越现实的神秘感。

窗外隐隐约约传来的人车声终于将约瑟的思绪拉回旅馆的客房中。他起身打开正对街面的窗户，窗户外还有一个小露台，虽然向街有些吵闹，但广州的夜景令约瑟暂时忘了旅途的疲劳。

约瑟正想转身回房，露台对街的小巷传来一阵吵闹声，他斜身探头望向街外，借着街灯街铺的光亮，惊讶地看到两个士兵在左面对街处架着一个长辫老汉从街角那边转向五羊饭店。

约瑟识趣地缩回身子，退回房间，只在露台门缝处向外窥探，他不想太暴露自己的位置。

长辫老汉一边挣扎一边无奈地大喊：“我不要剪发，放开我，民国又怎样？你们这些人怎么那么狠，我的头发碍着你们什么事儿啦？”

那两个士兵把老汉夹在中间，那把老骨头动都无法动，脚下的布鞋也甩掉了。其中一个士兵戳了戳头上的军帽，拿下掸了掸又带上，可以看到军帽下是一个剔了光头的脑袋。他拽着老汉那条灰白的长辫，恶狠狠地说：“老头儿，你是要你的长辫不要头，还是要头，不要长辫？”

老汉依然哀号着，无奈地跪在地上，两个士兵两三下就剪了他的长辫，由他跪在街角靠饭店的拐角处哭号。眼看那两个恶兵走远了，街上又恢复了热闹，刚才那幕根本没人太在意。

约瑟很同情那个老头，转身下楼准备去看他个究竟，或帮忙去扶那个老汉一把，却被高幸给叫住了：“先生，您不忙出去，他就住在后街，有人会扶他回去的，这个世道正在改变，不要太计较了，好住好走吧。”

约瑟看着高幸一脸恳求的样子，他也是明白人，掌柜的不想住店的客人招惹外事。当天晚上，约瑟没去楼下堂吃，他让小二帮忙给他叫了清炖鲈鱼和姜汁炒橄榄菜外加一碗白饭，算是晚餐了。

不到二十分钟，店小二将饭菜端了上来，高幸还特意吩咐加送了一杯白葡萄酒给约瑟配晚餐。约瑟佩服高幸招揽生意的本事，他品尝着那杯白葡萄酒，感觉没错的话，应该是地道的葡国波尔图味道；那道清炖鲈鱼够新鲜，上面加了葱段、陈皮、姜丝，还浇了热油拌酱油，令那条鲈鱼更加鲜甜；姜汁橄榄炒得香脆爽嫩，小酌一口香醇的白葡萄酒，不一会儿，约瑟就美美地享受完了他的晚餐。

约瑟的烦恼暂时抛开了，瞌睡虫渐渐爬上他的眼皮，意识朦胧中他告诉自己明天一定叫上人力车拉自己在羊城内到处走走看看，想着想着他就睡着了。

窗外乌云遮住了皓月，天空吹起一阵凉风，将百叶窗吹开了一条缝，百叶窗“啪哒啪哒”的关开声，吵得约瑟从睡梦中醒来。迷糊中，好像听到隔壁房间有一男一女在轻轻说话。

桌上的油灯不知何时已经熄灭了，约瑟擦亮了一根火柴，起身点亮了油灯，并紧了紧睡袍。他感觉到了刺骨的凉意，便走向被风吹得还在啪啪作响的百叶窗。一阵大风，百叶窗突然打开，约瑟冷不丁被眼前的景象吓呆了！露台上惊现傍晚被逼剪发的老汉，老汉短短的头发往下滴着血，眼睛上翻，张嘴还在想说什么，可怖至极！

约瑟受惊大叫："我的天哪！快来人！ help！ "他从藤床上跳了起来，大汗淋漓的他，很快发现只是做了一个可怕的噩梦。

"好真实啊！"他冲向百叶窗，外面露台空无一物，楼下夜市也打烊了，整条街静悄悄的，偶尔有巡警皮靴走过路面的"嚓嚓"声，一个更夫在外巷敲更，已经四更天了。

约瑟返身回房，从桌上的水壶里顺手倒了杯凉水喝下，他转头看向窗外，若有所思地坐等天亮。他彻底被惊醒了，脑子里不断地闪现刚才那幕惊梦。他不相信神鬼，但人死后灵魂能瞬间出窍的说法，还是挺可信的。

自从九岁那年父母在大洋上连同帆船一起失踪后，他每晚都梦见他们，他们出现在家里的每个房间，就像鬼魂似的。

过了好长一段时间，小约瑟在范达夫妇的照料下才慢慢恢复了正常的生活和部分记忆，但是梦呓和梦游一直伴随着他。

严重的时候，他在梦中穿越阴阳界碑，看到不应该看到的东西，好像就是为了去寻找自己挚爱的父母。

清晨六点，客房内的西洋钟敲响了，晨曦透过阳台的百叶窗照进房间，约瑟早已梳洗完毕。他带上行李，走下了楼。楼下已经有些茶客一边喝着早茶，一边谈论着。声音很轻，有如耳语，不时还夹杂着几声咳嗽，压抑的议论声，约瑟听得不是很清楚。

他趁小二送上点心和茶的时候，顺便和他打听了一下："伙计，他们在议论什么哪？"

小二贴着约瑟的耳朵神秘地说："先生，您刚早起，还不知道吧，那个住后街的昨天被强迫剪发的老头儿昨晚自杀死啦！"听到这个消息，约瑟被口里的茶呛了一下。

店小二安慰他："先生，让您受惊了吧，这个世道，什么事情都可能发生的呀！您出门在外要多留神，听说最近坐火车也有些不安全了！"店小二说完转身又干活去了。

约瑟感觉有些反胃，没吃完早餐，就起身整了整长衫，戴上便帽，到前台结账。那个笑呵呵的高幸掌柜一边收钱一边问约瑟住店是否满意，约瑟客气地点头答谢，也不多说，而高幸却不无关切地小声嘱咐他：

“我这个店很少有洋人来光顾，他们不像你那么会说中文，昨天的事情请不要往心里去，我们做生意的人看来很现实，其实也是世道逼出来的，我看您也是个菩萨心肠的人，记得路上慎行啊！”

约瑟不是很理解高幸话里的含义，他只礼貌地道了谢，提着行李步出五羊饭店。清晨新鲜的空气暂时吹走了约瑟的烦恼，让他内心舒畅起来，他潇洒地向火车站方向走去。

早晨七点一过，广州的大街上开始热闹起来。火车站周边摆满了摊档，有些菜农还挑了些新鲜的蔬菜在大街上叫卖。不管准备上车的旅客还是刚下车的，都可以在附近吃到喜欢的早餐，讲究一点的还可以去茶楼饭馆喝早茶吃羊城点心。

约瑟提着竹箱在人群间穿梭，很快找到了买车票的地方，但是那辆开往郑州的列车不知为何当日票已售完，他只能改搭长途汽车。他买了八点的车票，上车点不算远，就在售票处对面。约瑟在车站电报局又发了封加急电报给养父范达，告诉他汽车到达安阳车站的时间。

对面上车点一辆美式长途车徐徐开进站台，站台外有一个五十岁开外的检票员，新修剪过的短发，还湿漉漉地贴在他圆凸凸的脑袋上，他正扯着嗓子大声叫喊："各位去中原的旅客，请大家赶快上车，还有五分钟就要开车了！"在这样的闹市，检票员炸雷一般地叫喊，让所有的人都"精神为之一振"。

约瑟提着行李上了这辆美式长途车，一进车厢，发现行李架在车顶，不方便置放，索性抱着箱子。车厢内左右各有几排座位，中间有条过道，前面几排的座位都坐满了，只有后面几个还空着。

约瑟脱下便帽，抱着行李箱侧身走向后座坐下。他留意到中间左侧第五排有个老翁，白须鹤眉，正在闭目打坐；他身旁有个十几岁的少年，乖巧伶俐的样子，手上正在看着一本手抄《山海经》。

约瑟打量着车厢内的乘客，车上有不少老人和妇孺。小孩们见他是个洋人，不断地偷瞄着他，然后又转过头咯咯笑着向他扮鬼脸。

前排斜对面有一个幼儿用稚嫩的声音甜甜地问妈妈："妈妈，叔叔能听懂我说话吗？"

约瑟望向那对母子，看得那对母子不好意思起来，母亲摸着爱儿的头发，侧了侧身说："叔叔能听懂的，所以你要乖，不哭闹，不然叔叔要生气哦！"

约瑟马上"依样画葫芦"地跟一句："小朋友真乖，叔叔不会生气的。"

此言一出，车厢内的旅客都像看西洋镜那样瞧着约瑟，只有那位白须鹤眉的老翁，连眼皮也没抬一下，依然专注地练着功。约瑟为了避开众人的注意力，将目光转向车窗外的景色。

约瑟在澳门出发前接到范达的回电，告知他近来梅岭古道也不太平，要他在去安阳的路上多长个心眼儿，管好财务，别太露眼了。

这辆美式长途车，有些破旧了，所以一离开平地驶向山峦公路，就有点像散了架似的，一有崎岖颠簸，车身就"叽叽嘎嘎"地响。约瑟坐在后座，就像坐着铁马一样的难受，怪不得没人喜欢坐后座呢！

昨天广州五羊饭店门外发生的事情，让约瑟感慨世态炎凉。世道在变，变好变坏暂且不论，但消除帝制和封建思想毕竟是人文进步的美好表现，只是大众还需要时间去适应。

自从父母失踪后，幼小的约瑟在孤独惆怅中慢慢完成了学业。他相信达尔文的进化论与物种论，但又坚信父母在那次海难中依然活着，只不过不知道他们消失在哪个空间里了。约瑟的养父母没有发觉他强烈需要成家的愿望，而约瑟的内心却已经准备好接受一位他从未谋面的爱人降临。

长途客车一阵颠簸，将约瑟的思绪拉回了现实。客车沐浴在阳光下，一路上穿山过桥，路边的庄稼地飞驰而过，也有许多地荒芜没有人耕种，被暴晒在阳光下，显得很凄凉萧条。在尘土飞扬的公路上，不时可以看到三三两两南下的难民。

经过昨夜的惊魂，约瑟累坏了，他在旅途的颠簸中睡着了。突然，前方出现了一片山陵，山陵间有一条山路，山路的入口处有一个城门式的关卡，上面写着“梅关古道”四个大字。正午的太阳突然间没入了云层，天空渐渐暗下来，他一个人走在山路上，一条瀑布在他右方五十米开外的山谷间畅流着，气势磅礴。

古道的入口约三丈宽，远看非常幽暗，约瑟拿着行李箱踏着卵石路追着前面一帮队友，他们一个个都跑在他的前头，边走边大声说笑，谈笑声盖过了他的叫喊声，但却听不清说什么。约瑟气喘吁吁地呼唤前面的队友：“好拍档，请走慢一点，好险啊，这条路不好走啊！”

他叫了好多次，声音在空旷的山谷回荡着：“不好走啊！不好走啊！”

而走在前面的那批队友，身影和声音早就消失了，约瑟只听到自己急促的呼吸声，看到嘴里呼出的热气。他无法感觉环境的变化，嘴里呼出的气体四散开来，把他的视线遮住了。不知不觉间，山里的气温骤然变冷，周围的树枝结了一层冰，变得脆脆的，被他的手一碰，一段段地破碎散落在地上。

约瑟在“梅岭古道”险峻的石壁间艰难地前行着，嘴里呼出的热气变成冰霜把他的鼻孔和嘴都堵了起来，他挣扎着无法呼吸。

约瑟在车座上挣扎：“唔！唔！唔！”又好像冷得发抖，脸色逐渐由白变青，已经开始无法呼吸的样子！客车上的乘客惊奇地看着这个洋人发着噩梦说着梦话，没人敢叫醒他。

老人家常说梦游者有阴阳眼，中国人遇上梦游者，只要他们不伤害自己，通常不会很快叫醒他。在没有被打扰的情况下，梦游者会返回现实生活；反之，如果贸然叫醒梦游者，后果如何谁也说不准。所以，看到梦游者走向悬崖边，前俯后仰地大笑，却不跳下去，别以为他一定是疯子想自杀，可能他正在看喜剧呢！如果确定是梦游者，请千万别打扰他，情况危急时，迫不得已，可以轻轻拉着他的手将他带回现实中。

约瑟的这种情况，在那个白须鹤眉的老翁看来，是需要马上唤醒他的，这样身体才不会被阴气所伤。看得出来，这个洋人内心挣扎的事情太多了。

约瑟虽然无法呼吸，但是他听到古道入口处有个声音在亲切地呼唤着他，他忙向那个声音找去，却一下被老翁唤醒了。他深吸了一口气，猛然睁开眼睛，感觉全身的衣服都被冷汗浸湿了，又是一个噩梦！大家关切地打量着他，看着满车厢的人都用奇怪的眼神望向他，约瑟觉得很失态，以前从没有在众人面前睡着梦呓的，今天不知怎么了，大白天也说梦话了！

那个白须老翁坐到约瑟跟前，定睛看着他，然后认真对他说："先生是去安阳吧？‘梅岭古道’不好走啊！"

车子继续颠簸着，约瑟扶着椅背有所顾忌且怀疑地问老翁："老先生何出此言？千古以来，这条古道可是通往中原的黄金通道啊！为何不好走呢？"老汉也不多说，气定神闲地抬头看了看车窗外。可能见约瑟是洋人，多说多有不便，老汉从怀里拿出一个精致的“葫芦牌”放在约瑟的手掌中，葫芦面上刻有古字“一真”。

递出“葫芦牌”时老翁微笑不语，但约瑟耳畔却响起了“耳语声”：“年轻人，你我有一面之缘，如果在行程中遇到危难的事情，亮‘葫芦牌’就行了，它应该可以助你一臂之力吧！”“耳语声”字字清晰。

约瑟本想推辞，但又觉不妥，于是坦言问道：“这么贵重的腰牌，给了我，您怎么办？”他的话使得乘客的注意力又集中到了他的身上。

老翁爽朗地笑了，嘴没说话，约瑟却又感觉到那股暗语潮涌般浮上心头：“哈哈，有朋自远方来，不亦乐乎！你远道而来，区区‘葫芦牌’能帮你挡挡风寒，又能算什么呢！年轻人，也许你以后还真能用上呢！”

两人一明一暗地对话间，车子已经驶入一片林区，在一个风景如画、林海翠绿的石崖前停下，只听司机回头提醒乘客下车：“翠屏山到了，下车的请拿好行李，小心啊！”

老翁顺手背上身边的麻布兜，意味深长地看了约瑟一眼，转身下了车，那位少年也跟着下了车。约瑟目送老翁和少年的身影消失在石崖后面，心里怅然。就在这时，一只毛茸茸的大松鼠窜出林子，跳上路边石崖，翘着尾巴坐着，它的爪子一边捧着坚果啃咬着，一边好像在和约瑟打着招呼。约瑟留意到那块石崖上刻着“诸仙岩”三个大字，奇形怪状的岩石后面，隐约可见一些亭台楼阁，要不是赶路，他就会下车去探个究竟。

就在犹豫之间，司机客客气气地叫他：“先生，这里是翠屏山的钟鼓岩区，刚才那位道长应该就住这呢！请回座，要开车啦！”说完，他又一次发动了引擎，车身摇晃了几下，向前开去。

乘客们有些迷迷糊糊地打着瞌睡，窗外的景色已提不起他们的兴趣。约瑟感慨自己竟然会经过著名的梅岭胜景之一的钟鼓岩都没下去走走看看，“据说八仙之一的吕洞宾都到此游玩过呢！”约瑟遗憾地叹了口气。

坐长途汽车最让人烦心的就是“三急”，有乘客叫司机：“司机，让我们下车方便一下吧，这里又不是公路，一会儿上了公路就没法下车方便了嘛！”

司机是个明白人，他也有意让客人下林子里方便，路上要找个公厕可没那么容易。趁着停车让乘客在林间小解的空当，约瑟快速扫视了周围的美景。翠屏山果然名不虚传，翠绿如画，一阵阵的花香在山岭间飘荡，令约瑟心旷神怡，他真希望能在此地多待一会儿，但远处林间小解的乘客已经三三两两返回来了。

那个前座的男孩摘了一些林间野花，他高举着紫色和黄色的小花，向约瑟挥着手，他妈妈不好意思地向约瑟笑了笑，抱着孩子侧身上了车按原位坐下。这个看起来只有三岁的小娃把摘来的花，全插在他妈妈盘起的发髻上。

约瑟看着这对母子相拥的场面，又忆起了自己的母亲。虽然事隔多年，但他还是无法释怀。他赶快返回后座上坐好，那个男孩还在向他挥手，他只是微笑不语。

司机点了人数，一个不缺，客车才又启动，并在持续的颠簸中从梅岭脚下准备绕上公路，下一站就是“梅岭古驿”了。此时，坐在公路转角的摊贩跑上前，透过车窗向乘客们兜售着九仙桃、梅花饰品和沙田柚等韶关特产。司机开惯了这条路，所以还是停了一会儿车，让乘客补给了些农特产品。

约瑟本来无心买东西，但看见那些白梅和红梅做成的装饰品太诱人了，还是忍不住买了两个，心里想着：“不知果姨喜不喜欢？暂时留着观赏观赏也好吧！”

车子开了很久，落日前，车厢里不知哪个孩子又哭闹起来了，约瑟打着盹，他身边的座位空着，他索性把头枕在自己的行李箱上，这样睡比较舒服，手上还紧紧攥着那个老翁送的葫芦牌。天色完全黑了下来，公路上突然出现了好多军车，一车车往南边开去，司机再也不敢停车，好在一路上没有军阀设卡挡道，不然天亮也到不了安阳。

当约瑟再次醒来的时候，乘坐的客车已经不见了，而他却靠在一张长凳上，藤制的行李箱不在身边，这让他大吃一惊："我被人打劫了？”定了定神，不远处“安阳长途客车站”几个大字醒目地提醒他现在已身在安阳。但他已经记不起是何时到达的、怎么下车的。他赶忙找他的行李，一扭身，看到养父范达正坐在他身旁帮他看着行李。看见约瑟醒来，范达凝重的神情放松了些，这令约瑟感到更加迷茫。

约瑟满脸疑惑且不失礼貌地问范达：“范叔，谢谢您来接我，果姨和您全家都好吧？难道我的老毛病又犯了？刚才我只不过在车上睡着了，经过梅岭山脚，我记得还买了礼物给果姨呢！”范达已经恢复了冷静，看到养子约瑟能平安到达安阳，他也就放心了。这两天一直在传，滇西军阀将进驻广州，这样的混乱局面不知要持续到何时。不过他不想多说什么，约瑟的间歇性休克和梦游他也解释不了，这种病是后天受到极大的打击后才形成的，要治愈需要很长的时间，但约瑟的情况似乎已经有所好转。

为了安慰养子，范达微笑着说：“约瑟，别心急，一切都刚好让我碰上，车到站你还睡得死死的，司机和我一起把你抬下车，你真够沉的！你这次只是睡过头了，我来接你的时候叫了车夫，他还在外面等着呢！孩子，回家我们再慢慢聊吧！”

范达掂了掂约瑟的行李箱，蛮沉的，看来这位养子带的东西还真不少。车站广场的大钟指向清晨六点，一个清扫工正在晨曦下用竹扫帚扫着路面的垃圾，约瑟的模样引起了他的注意，他不断地向他们这边张望着。

几个卖早点的早早地推着车，占了车站里面南北两个出入口卖着拌香面、杂粮馒头和小米粥等本地食品。最早的班车是上午七点，已经有乘客到站等车了。约瑟一路颠簸终于来到安阳，他不再纠结刚才范达说的关于他的情况，多想也没用，自己的记忆好像有些断层的地方，他也说不上来。

“范叔，我去趟厕所，您等我一下。”约瑟边说边走进了那间简陋的厕所。方便后，他在大瓦缸内取了些水洗手。已经是春末了，但瓦缸内的水还是冰凉刺骨，寒意让他彻底清醒了。他赶忙走出洗手间，抖擞着精神走到范达跟前。

“孩子，这里是北方，中原的气候冬天长，早晚凉，和南方不同，快穿上，别凉着！”说完，范达递上一件棉布外套。约瑟心中感激养父，赶紧穿上了，顿感暖和许多。他们俩都不想在车站多停留了，出了站，范达打了个响指，一位毛巾包头的车夫拉着一辆半新的人力车停在他们跟前。他俩坐上人力车，把行李放在座位下方。车夫的布鞋都快磨烂了，他按照范达的指示，撒开粗壮的双腿向安阳城区文峰塔方向跑去。

第三章

范达中等身材，属于敦实型，光光的头顶上，戴着和长褂同色的礼帽。自从十二年前收养了约瑟，他就为这个孩子的未来捏着一把汗。约瑟无法记得那次太平洋海难的全部经过，找到约瑟的地方处于镜海澳偏远的黑沙海滩，他面朝下趴在海滩的黑沙上，上涨的潮水还在不断地拍打着海岸线。

果雅第一个看见这个遇难的孩子，不知是老天爷有意和他们开玩笑还是天顺人意，约瑟的年纪和他们在八国联军侵京时走丢了的爱儿范果一样大 。

初始住在范达的家，约瑟每晚都会梦游，夫妇俩惊骇于他半夜出走又会在凌晨穿戴整齐地返回睡房内。他们跟踪他到望德堂区的一座带有花园的房子，这个孩子会攀过外墙的篱笆，走入漆黑的空房子里面。

范达和果雅都熟悉这栋楼的主人：约瑟的葡籍父母格玛朗先生和太太玛尼亚。这栋楼的门房是个黑瘦的广东汉子阿祖，格玛朗夫妇失踪后，他没有离开，每天还在打理有着葡萄藤的花园，当然转由范达支付工钱。那天夜里他和范达夫妇一样惊讶于小少爷约瑟面无表情地回到家，阿祖还以为小少爷不喜欢养父母的家，半夜出走了呢！可是看着少爷进了书房，坐在平时与父亲下棋的棋盘旁，不知和谁在对弈，有种毛骨悚然的感觉。

收养了约瑟以后，不知不觉的，约瑟就习惯和范达讲汉语了，范达可从来没有刻意教过他。记得第一次带着半失忆的约瑟前往位于望德堂区的那栋葡式小洋房，走进挂满葡萄藤的前院，透过外墙打开的百叶窗，楼下的书房一目了然。

就是那次，范达在主人的书架上找到了《三国演义》《聊斋志异》和《中葡对照字典》等书籍，这足以证明，约瑟少年时期的生活也受到中国文化的熏陶，他的父母如果还在生的话，应该也是了不起的中国通吧？范达非常同情约瑟的遭遇，小约瑟忧郁空洞的眼神告诉他们夫妇，那次海难有多可怕，约瑟能够侥幸生存下来是多么不可思议！他还那么幼小，找到他的时候，手里还紧紧抓着一个红色的玩具风车。

天气很好，阳光温暖着大地，驱散了清晨的寒凉。人力车在安阳并不平坦的街道上快速前行，车夫将车拉得很稳，他那有节奏的步伐，令坐车的人感觉很舒坦。不一会儿，前方出现一座八角大塔，矗立在安阳街头显得格外醒目。

“车夫，请走慢点儿！”约瑟用手遮着阳光，探头望向那座优美的古塔。

“好家伙，看上去比澳门大三巴还高一点吧？”约瑟转头问范达。

“孩子，那是文峰塔，五代后周建造的，九百六十多年了！改天你也可以过来看看，里面还有著名的天宁寺呢！”范达平静地介绍着。

约瑟刚到安阳就被文峰塔的独特魅力吸引了。作为中国的八大古都之一，安阳的神秘气质，正是吸引约瑟千里迢迢赶来的原因。当然，西方人的探险精神也促使他想去了解中国商都古文化背后的每个故事。

约瑟对这次旅途中昏睡过去还是有些介怀的。这不由让他想起孩提时代的那次大海难，仿佛历历在目，但就是不记得父母是怎样不见的。他当时在玩着红风车，船舷旁突然竖起三堵水墙，里面有很多红风车在转着，他能看到自己，听到父母叫他的回音不断地在水泡间传递着。随着一束强光击中他的风车，世界坍塌了，他好像被无数的旋涡和水泡包围着，心里极度恐慌地哭喊着："爸爸，妈妈，救救我！"却发不出一点儿声音，随后，一切都陷入黑暗。

也不知过了多久，疲乏悲伤的他悠悠醒来，发现自己躺在一张大床上，眼前一片陌生。从此，他得了梦游症，每到夜晚就会梦见自己回到家，爸爸依旧坐在书房等着他下棋；当妈妈为他唱那首《夜莺曲》的时候，他就会睡着并在甜蜜的梦境中醒来，醒来后又是无限的悲伤伴随着他，他真想永远待在梦境中不要回到现实。

以前约瑟的梦游也只是在澳门范围内，现在却发生在去安阳的路途中，这让范达很担忧。但这一路上，古都安阳周边的风景貌似扫除了约瑟的苦闷和忧伤，这让范达不禁发出了会心的微笑。

人力车经过的每一个道口范达都为约瑟做了介绍，看着养子心情渐渐舒展，范达提起的心又放下了。随着“吱”的一声，车子停在一个中式药铺前的石阶旁。药铺门边外墙上用蓝白小瓷片镶嵌装饰着神农采药的故事；两个雕刻精美、踏云展翅的上古图腾石鸟守卫在药店台阶两端的石墩上。而门外伸展出的飞檐下还挂着两个大红灯笼，与其他店铺比较起来，此药店显得与众不同 。

范达正在付车资，从店铺前门迎出一个年轻人，二十岁左右的样子，圆脸，满脸热情地帮忙把约瑟的行李提下车，一边客气地和他们打着招呼：

“老爷、少爷一路辛苦了，抬脚，小心台阶，小安已经照老爷吩咐为二少爷准备了房间！”小安一边说一边引领他们往铺内走去。

药铺内还有一位戴着老花镜的账房，见范达和约瑟抵达，赶紧放下手上的账本，在柜台后站起来迎接。

“阿桂，这个就是二少爷约瑟！”范达一进店铺，马上将养子约瑟介绍给那位叫阿桂的账房先生。

“欢迎二少爷，鄙人叫阿桂，也帮老爷做事，过往一直听老爷和太太提起您二少爷，耳闻不如面见，二少爷真是一表人才呀！”阿桂说此番话时一脸的认真。

自从大少爷失踪后，没人再愿意看见夫人果雅悲伤了，这个坚强的女人，一直坚信儿子范果还在世，就像约瑟从没怀疑过父母还在世一样。

“老爷，二少爷的房间在后院，夫人还特别为二少爷准备了接风酒！”那个叫阿桂的，一头花白的头发，戴着眼镜，说话也很干练。

“哈哈，阿桂，谢谢你们帮忙，太太还在诊所忙着吧？”范达特别高兴，这两个贴身职员对他一直非常忠心，有叫必应的。

“回老爷，太太还在厨房张罗，有些澳门土生菜，丫鬟们做不好。”阿桂说话间，范达已经带约瑟穿过店堂，步入后院。

约瑟被范达和果雅收养后，一直住在澳门。上到高中那年，约瑟执意要住回自己以前和父母住的旧楼，其实他几乎每次梦游都会去那里，只是范达夫妇从来没和约瑟说。为了尊重养子的决定，从十六岁开始约瑟就一直单独住在自己父母的那栋楼里，范达和果雅每天都去看他，看门人阿祖更没有理由离开那所魂牵梦萦的房子了。

约瑟第一次来安阳，他注意到范达的这间安阳药铺比澳门的规模要小一些，显得很古朴，没有澳门那间门面那么华贵，可能养母是土生葡人，澳门那间药铺内外装饰都有些欧陆风格。他更喜欢安阳的这间，第一眼就给人一种古远的感觉。

药铺的后院非常宽敞，有点像北京的四合院，但有长廊通往东西两间客房和主人房，庭院中有假山和池塘，四周种着桂花和山楂树。一尊范蠡泛舟的陶瓷塑像供奉在池塘边的假山亭阁中，山石边刻着“天道、地道、人道”几个黑漆红底的大字，引起约瑟的兴趣，他问范达：

“范叔，中国的商人都敬奉范蠡，大凡从商的人一定很讲究‘诚信、以义为上’吧？”

见养父没回答，约瑟顿了一下，接着说：“西方文化受犹太文化的影响——尊崇学者和富翁，因为他们——曾是‘上帝的选民’，但勤俭刻苦，也许是两种文化共通的地方吧？”

还没等范达回答，在前带路的小安已爆出了一句：“老爷，什么叫犹太文化？我还没学过。”

范达被小安这一问，有些尴尬，他干咳了两声，将约瑟引进客房。客房内床、柜、桌、椅一应俱全，外厅和睡房是用一副巨大的山水屏风相隔开来，屏风上画的是《八仙过海图》，左右两边都可以开合，非常美观且实用。

范达请约瑟就座，小安已经泡好一壶铁观音给他们斟上。范达喝着茶，看见约瑟还是皱着眉喝茶的样子，笑了起来。而约瑟突然记起那位道长送给他的葫芦牌，于是问范达：“范叔，我给您看样东西，您以前见识过这个吗？”

约瑟摊开手，那块一真葫芦牌展现在范达眼前。从外形看，葫芦造型古朴，契刻在一块小龟板上，这是一种稀有的绿龟，只有鸡蛋那么大，龟肚上刻着“一真”字样，这是一种比金文更早的文字。范达平时也有收藏的爱好，看着约瑟手掌中的葫芦牌，掩不住惊喜之情，兴奋地问：“这是块龟纹牌吧？年代看来很古了，是哪位得道高人送给你的？”他还想具体问一下那个道人长什么样，这时，门外传来女人和蔼可亲的声音：“什么事情让我也高兴高兴！”随声而进的是一位体形富态的中年妇人，啡黑色的头发松松地挽在脑后上，几束发丝自然垂于两颊旁，虽然两鬓已经斑白，但气质非常雅致；束腰兰花薄纱带滚边立领贵妇裙，长度恰到好处地盖在水松木制成的皮鞋鞋面处，不妨碍走路，但每一次跨步，裙摆轻盈地摆动令穿它的妇人更显风姿绰约。

范达和约瑟同时起身，约瑟更礼貌地走上前以葡萄牙人的礼节亲吻养母两颊。果雅看到养子平安到达既高兴又有些激动，多少年来，她都怕这个孩子也会走失了，这种担忧一直伴着约瑟的成长，且与日俱增。通常这个时间，果雅都会在药铺隔壁的诊室为病人诊治，但今天为了迎接约瑟的到来，她闭门歇业一天，一直在厨房忙着准备好吃的，现在终于等到了约瑟。

“夫人，你放心，约瑟的房间小安都安排好了，厨房和诊室的事情已够你累的啦！”范达在家中是出了名的好好先生，约瑟听着他那么小心翼翼的和夫人说话，也见怪不怪了。

果雅是一位中葡混血儿，从医，这在民国初期是极少见的。早年，她父亲开在澳门的诊所就由她继承下来。她在澳门大堂认识了范达这位中药材商人，被其“兼济天下、乐于施舍”的思想所感染并坠入爱河，此后共偕连理，并随夫君去北京发展，之后生下了大儿子范果。

但天有不测风云，八国联军侵京的时候，他们很晚才得到消息，匆匆忙忙撤离京城，阴差阳错地走丢了范果。当时，果雅受了巨大的刺激，无法相信和自己骨肉相连的儿子就这样不见了。回到澳门托人在京城找了几次，也没找到，直到在黑沙海滩救了约瑟回家抚养，果雅才重新振作起来。时光荏苒，约瑟也在那次海难的阴影下长大了，虽然他已经很久不和他们夫妇住在一起，但他们对他的关爱，伴着他战胜了一次又一次的人生挫折。

果雅能说一口流利的广东话，这有赖于母亲从小的教诲。她定了定神，拉着约瑟的手在梨木椅上坐下后才又说道：

“孩子，幸好你养父接到你了，前几天还听说梅关那边有些滇西军阀刻意压榨百姓的事呢！”果雅清了清嗓子继续说下去，“这个军阀割据的世道，唉，平安到达就好！”约瑟觉得养母说得在理，早前在广州五羊饭店看到的老汉街头被逼剪发那一幕又浮现在眼前。

果雅和范达为约瑟在后院置办了一桌丰盛的接风酒，阿桂、小安都被邀上入座陪饮。土生葡菜是从葡萄牙菜肴转变而来的，更适合中国人的口味。餐桌上，约瑟开了一瓶自带的葡国红酒，并亲自为每人斟了小半杯。

“今天的主菜是果雅特制的葡国烧乳猪，前菜有墨鱼杂菜色拉、蒜茸面包，配以你带来的红葡萄酒，味感一流啊！”范达赞叹着，一边欣赏约瑟赠予夫人的那串红梅头饰，果雅已经将它当作发簪插在头发上，简简单单，却显得光彩照人。

范达此时感怀地吟诵起来：“等闲倒尽十分酒，遇兴高吟一百篇……来来来，今天趁着高兴，我们畅饮一番。”

“夫人！夫人！”女佣桃花慌慌张张地走进来，对果雅耳语了一番。“哈哈，傻孩子，以为什么大事呢！甜品忘了放焦糖是吧？补上不就行啦，我和你去厨房看看。”果雅抱歉起身，叮嘱约瑟陪范达多饮几杯。

“我在教桃花煮焦糖布丁，不知她煮得怎样，我还得去看看，约瑟，你们边聊边吃。”说着，果雅转身和桃花一前一后走出了饭厅。这顿饭一吃就吃了三个小时，他们天南海北地聊着，从《山海经》中的八仙说到五代十国的蕃镇割据，直至八国联军侵京，完全忘却了时间。

就这样，约瑟在范氏药铺后院暂住下来了。后院的环境虽然优雅，又能每天品尝果雅的好厨艺，但他的心却一直惦记着殷墟小屯村，他也说不清为什么那么急着想启程。

他将葫芦牌珍藏在藤衣箱内，牢记一真道人临走时说的那句话："年轻人，你以后也许还真能用上呢！ "是啊！每件事情都不会平白发生，其内自有因果。

范掌柜的药铺后院，不但有鲤鱼池和十里飘香的桂花树，通向客房的长廊也是用大理石铺成的，一般的百姓家没有这种气派。虽然，"祖宗八代"都借用"财神爷"范蠡的后人来称颂祖上业绩的显赫，但这并没有给范氏家族带来更多的荣华富贵，还是要靠每代掌柜兢兢业业地把持生意，勤俭节约才能发家致富。

范掌柜在安阳开仓济贫的好事也做了不少，可如今的人不是送些米粮就能填饱他们饥饿的灵魂的。听说"洋务运动"中第一批跑到天涯海角去寻找新思想的人就把"西学东渐"的科学知识和工业技巧带回了国。他范掌柜也有样学样，想将家族生意"东学西传"了。他不但在澳门开了间药铺，还娶了个才貌双全的土生葡籍女子为妻，同时结交了一些善于经商的葡萄牙朋友！现在，他的广东话也讲得越来越顺口的了。为人诚信热情的范达，和来自澳门的夫人果雅一直在安澳两地发展生意，最近又想将生意开拓到广州去，凭着在澳门良好的人脉关系，范达已经差不多把这个设想做成了。

约瑟来安阳前已电告范达清明前夕想启程去小屯，可连日来阴雨不断，一直难以成行。今天好不容易等得云开雾散，范掌柜看看已近晌午，阳光还很明媚，赶紧将药铺里的大小事物交代给了伙计小安和账房阿桂。小安勤快，不但将店铺里外打扫干净，还给范掌柜沏了茶。

范掌柜一边品着茶，一边认真地嘱咐："小安，药铺那个二十五号鹿茸的收购价格维持原样！我陪约瑟出去走走！"

小安回道："老爷，小安知道了，您放心吧，咱们店的二十五号鹿茸早给订购一空了，价格还可升呢！"

范掌柜听了不吱声，阿桂坐在账台后面放下写着的账本也补充道："那些赊账的买家，付清了所有的欠款，想趁低价再买我们的货呢！"

范掌柜没有接他们俩的话，想了想，又叮嘱道："补货后价格还是维持原样！但是今天开始本店不再赊账，有现洋才能买货，记住啦！给病人抓药开方才是真本事！小安，你把每个草药的药性都记熟了吗？”范达说完清了清喉咙。

小安回道：“天天都记着呢！老爷，您讲得句句在理，小安全记住了，您放心去办您的事儿吧！”范掌柜点点头，终于等到了这句话，安心多了。

范达穿着洋布长褂行到后院，差点被内廊的大理石台阶绊倒。后院内栽种的桂花树清香习习，令人精神为之一振。约瑟正在桂花树下练太极拳。范达见他练得蛮认真，不想催促他，踱步至鲤鱼池，几只放养的老龟正趴在卵石上悠闲地晒着太阳，几尾不同色的鲤鱼忽隐忽现地游动……他正陶醉其中，身后却传来生硬但很熟悉的汉语：“范叔，您来啦，早啊！”

范掌柜忙转身，笑容满面地道：“嗨，孩子，你练拳呢？不早啦，晚上睡得可好啊？”他总是很亲切地称呼养子约瑟为孩子，视如己出，这份爱约瑟深深体会到了，约瑟遇到问题时第一时间要找的人就是养父范达。

约瑟今天精神奕奕，微卷的短发整齐地向后梳着，深邃的眼神带着些许忧郁，但很有西方人的神采。他手捧着一包东西站在范掌柜背后，穿着长衫马褂的他向范掌柜礼貌地一鞠躬，恭敬地说："早该给您的，从澳门带来的红波芝士和钵酒，也不知合不合您的口味。"

接过约瑟递上的礼物，范达很开心，礼轻情意重嘛！他在澳门也尝过这两样葡国特产，倒蛮合他口味的。当然，大多数人还不能习惯芝士那股臭脚丫的味道，就像炸臭豆腐多有名气啊，有些人就闻不得，不习惯那种发酵后的"香味"。

范达高兴地和约瑟聊着天，还聊到了太太果雅的好厨艺，约瑟慷慨地表示赞同："真想天天品尝果姨的手艺！"听得范掌柜喜笑颜开，马上发出邀请："自家人就不必再客气了，这次游完小屯村就回澳门，到时去'雅院'找我们，咱们再合计合计明年的葡国之行！"

约瑟终于盼到养父这句话了，马上接道："范叔，我每天盼着的就是您这个邀请，一言为定啊！"约瑟觉得养父非常了解他，还记得自己年前曾向他们发出合游葡国的邀请。他手上有一本记载父母家族史的小册子，里面有爷爷奶奶的名字和照片、父母的出生地以及他们在葡萄牙的住处和地址。约瑟出生在澳门，对于远在欧洲西南部、濒临大西洋的祖国葡萄牙还是很陌生的，但随着年龄的增长，他强烈渴望返回父母的故乡去看一看。

范达在澳门的亲戚侍奉天主教会，他和果雅也是在澳门教会的大堂相识的。约瑟的父母也是教友，他们之间都互相认识，只不过以前交情不深。约瑟的父母学识渊博、彬彬有礼，很受教友们的欢迎。他们早年随葡萄牙商队漂洋过海到澳门经商，并在岛上生下约瑟，父亲家族的名字太长，从小大家都习惯唤他小约瑟。

由于每个星期都会去大堂前的圣堂做礼拜，约瑟一家认识了范达并成了朋友。范达不常来，但每次来必定偕着太太果雅，小约瑟见到他们总是很高兴，并会用生硬的广东话和范达打招呼，那时约瑟才九岁。

范氏药铺在澳门、安阳都很有名，前不久又在澳门新马路开了间分铺，由澳门土生的太太家族代为打理。约瑟也有去祝贺，当时药铺门外放着好多花牌，道贺的人络绎不绝。约瑟进入店堂，无意中看到了放在柜台后刻字的龟骨。

当时约瑟很吃惊，他追问此骨的来历，范达也说不准是谁转手给他的，不过，听说此等龟片只有安阳有，他每次入货，都会有人兜售这种叫“龙骨”的牛骨龟片。从那时候起，约瑟就计划了安阳小屯行，他想一探传说中的商都何以如此神秘瑰丽。

出发当天，中午的时候还阳光普照，可一转眼，太阳又躲到云层的后面去了。范达带约瑟来到洹河渡口的“添福”饭店，已是晌午，店内的六张八仙桌已坐满了堂吃的顾客。店小二一见到范掌柜，两眼都笑成了弯月，他掸了掸肩上的抹桌布，恭敬地招呼着：“范先生，您来啦，请您和朋友随我上二楼雅座！”

他边说边恭敬地领着范达二人来到二楼临窗的桌子。二楼非常宽敞，吃客不多；坐在雕花的落地大窗旁，可以看见大街上车水马龙、人来人往的热闹景象。偶尔，也能见到几个洋教士经过，他们都手执一本《圣经》，蓄着长长的胡子，看不出岁数。

约瑟心不在焉地看着大街上熙熙攘攘的人群，民国之初的男人们大多也已经剪了辫子，有的戴着礼帽；女人多数还是挽髻，约瑟没看到街上有短发少女。

不一会儿，店小二就麻利地端上老庙牛肉、砂锅面条、熏猪头肉、砂锅什锦等镇店名菜和自酿麦酒，向他们礼貌地欠欠身，满脸笑容地说："两位先生请慢用，有需要添酒加菜的请摇铃！"范达也客气地微笑点头，店小二很礼貌地退了下去。闻着酒菜飘香，范达和约瑟食欲大开，开始欢饮起来。

约瑟喜欢中国菜，这是他第一次吃安阳菜，菜里都放有花椒，味道浓重偏辣，但也吃得津津有味。

范达给约瑟添满麦酒，一边嚼着糯香的猪头肉，一边用手摸着脑袋上刚剪的头发，若有所思。几回劝酒，他已有些微醉，酒酣耳热之际，他挨近约瑟耳朵悄声说道："孩子，现在'西学东渐'了，洋玩意儿也越来越多了，可你小子，放着官员不做，硬要去游殷墟，还要向周公行礼，悠着点儿，别给狐仙套了去！"

约瑟倒不以为然，自嘲地一笑，露出满口整齐的白牙，他慢慢咽下一口香牛肉，酌口酒，拍了拍座位上摆着的竹编旅行箱，用生硬的汉语认真地说："范叔，您真幽默，我志在遍行九州，殷墟怎能不去见识见识，您等着，没准我也会带些好玩意儿回来给您开开眼。"

范达听着养子那讨巧的说辞，满心欢喜，但口里还是回应着："孩子，谢谢你的诚意，但我也有这把年纪了，什么……

没见过，来，咱……咱俩干了这杯，我亲自送你上船！”

这间铺子的麦酒后劲蛮厉害，他俩酒足饭饱，脚步不稳地下楼结了账，一步三摇地出了饭店。天快黑了，大街上的行人越来越少，天边黑云翻滚，突然刮起一阵狂风，带着些飞沙，迷得人眼有些睁不开。

右拐就是洹河码头了，船夫打老远见他们摇摇晃晃的样子就叫开了：“你们两个，赶快，快变天了，这是今天的最后一班船了！”

约瑟和范达的酒劲被喊醒了一半，他们小跑到了码头。说是码头，停靠的都是些帆船，没有看见大客轮。

范掌柜还想向约瑟嘱咐些什么，突然，一声炸雷滚过天际，顷刻间，铜钱大的雨点顺势落了下来。雨声雷声盖过了说话声，根本没办法再叮嘱些什么。

范达将行李交给约瑟，自己挥手急召人力车。那个人力车夫躲在码头墙角下，见范达要车，急忙抬高价格，去与不去都无所谓了，范达没和车夫讨价还价，那个车夫利索地将人力车掉了个头，范达上车时已经全身湿透，他还没坐稳车夫已经撒开两腿奔进瓢泼的大雨中了。

船夫的叫声在大雨中回响着："先生，小心脚下，起船了啊！"约瑟一脚刚踏入船舱，船左右摇了两下就离开了岸边。船夫是位中年汉子，络腮胡子，头戴斗笠，身披油衣，长辫未剪，辫子在颈项绕了几圈，虎背熊腰，双手摇橹撑船，嘴上还不停叮嘱船舱里的乘客："坐稳抓实了，今天这船会很颠簸的！"

雨声雷声已经完全盖过了船夫的吆喝声，他关上了舱门，怕大雨淋湿了船客。约瑟打量着不大的船舱，里面连他在内坐着三个人，舱内木隔板上点着一盏油灯，约瑟坐下的时候，听到有人嘟哝了一声"洋鬼子"。

他循声望去，角落里坐着个老汉，头发散乱，看不清面貌，神态木讷地抽着旱烟袋，旱烟袋可能受潮了，往下滴着水。他对面坐着个挽着发髻的中年妇女，白白的脸颊倒是蛮和蔼的，眼眉向上翘着，对他咧嘴一笑说："今天天气不好，不过这里去小屯村就几里水路，并不很远。"

约瑟非常惊讶，这个夫人怎么知道自己的去向？！中年夫人向他眨眨眼，微笑着细声说："来这里的洋人学士，全是去'殷墟'的，不用报地名，大家都能猜到。"

约瑟优雅地掀了掀便帽，算是和她打了招呼。他留意到中年妇女穿着梅花锦缎鞋面的那双“三寸金莲”微露在衣裙下，与她的身形有些不对称。

就在这时，船身突然剧烈摇晃起来，他们三人同时滚下座椅，好在都抓实了座位扶手，没有受伤。

船外洹水湍急，浪涛盖过帆板，能感觉到帆船正被湍急的洹水推进着，抛起抛落，稍有不慎就会翻船似的。“这种天气，就算识水性也会溺水的。”小脚女人起身坐稳后阴阴地说了一句。

抽旱烟的老汉不语，他正在找掉到船板上的旱烟袋，没理会小脚女人的话.约瑟看不清楚他的脸，以为自己眼睛发花了。船颠簸得太厉害，约瑟也无法好好地坐直身子，只能抓实椅背，不让自己再次跌倒。

“这么大的雨，船夫还能淡定地在外面撑船？不可思议！”约瑟心里想着，耳朵贴到舱壁上听到外面雷雨声确实小点儿了，伸手准备打开舱门透透气，这时抽着湿旱烟袋的老汉阴沉地说话了：“千万别开门，雷公还没过去哪！”

但不知道是舱门本来就没关好，还是船身颠簸令其松脱，舱门已经“咣当”一声自己打开了！船夫本来在聚精会神地撑船，被身后的响声惊得回过头来，就在船夫回头的刹那间，一道闪电击中了船尾，船身着起火来，而且越烧越旺！

“弃船，跳啊！”船夫大惊失色，急声喊道。约瑟也曾经历过无数险情，但眼前这一幕还是惊得他手脚冰凉。他想起船舱内的老汉和小脚女人，想去帮忙，但回头一看，船舱里根本没有其他人。

船夫对着他大声喊道：“先生，别找了，就您一个船客，今天下午这种天气，客人都拒绝登船！”约瑟顿感脊背发凉，他竭力保持着镇静，望向船夫的眼睛，那里正反射出一团火！“砰”的一声，约瑟被船夫推下了船，掉进怒浪翻滚的洹河里。

此时船身已经燃起熊熊大火，船夫的长辫可能被船舷勾住了，约瑟奋力游过去想救他，但脚下冰冷的激流和漩涡不断把他往下拉。他挣扎着游到船边，伸手想把船夫拉下来，但船舷太高，他够不到。

眼看船体已经烧穿了，约瑟惊惧地大叫，他使出全身力气想拉住船夫的脚，不让他同船一起沉入河底。但是烧穿的船体下沉得非常快，船夫流着泪，绝望地叫道：“保全自己吧，来日方长，兄弟。”

约瑟无奈地看着船夫沉入河底，感觉全身都僵硬了，他整个人也在往下沉，一个大浪劈来，他眼前一黑，失去了知觉。

第四章

不知过了多久，乌云逐渐散去，碧蓝的天幕点缀着朵朵白云。

河滩边，洹水一波一波地推着一位溺水的男子，他的下半身还浸泡在水里，右手紧紧地抓着一个竹编旅行箱，头朝下趴着，也不知他还能否呼吸。

一群乌鸦从远处飞来，落在河滩上，它们慢慢接近那个奄奄一息的男子。

“嗖嗖嗖”几声，从河滩后面的绿林内飞出几颗石弹，击中了几只想啄食那个男子的乌鸦，其他乌鸦也被惊得飞散开来。

一个丫鬟打扮的小姑娘，梳着长辫，穿着朴素的麻布衣衫，手执一个竹筐，奔向河滩。她脱下布鞋，去捡拾倒毙在河滩上的乌鸦。那个被洹水冲上河滩的男子，受伤的模样吓着了她。她执了根树杈敲了敲男子的手臂，男子的头动了一下，她吓得惊叫道：“小姐，这个洋人……还……还有气哪！”

一阵马蹄声过后，一位头戴鸭舌帽、身着烟灰色猎装、蹬着马靴的少女骑着白马奔出树林，快行至河边时，她翻身下马。

“小白，我们来看看是谁躺在那儿，不会是小屯村的黑二吧？”少女牵着那匹叫“小白”的骏马，走向河滩，小白顺从地跟着。

“小鹊，把他翻过来看看！”那位小姐吩咐着。

“是，小姐。”丫鬟小鹊勉强答应着，小心地用树杈拨弄着趴在河滩上的男子，男子的身体轻轻动了一下，但还是没有大的反应。

“你怕啥，他伤得不轻，快给他翻身呀！”那位小姐看着小鹊呆站着，又催她。小鹊好为难，不知如何给男子翻身。

“小姐，不如您试试？这个洋人一定好沉！”小鹊嘟哝着。那位小姐嘴一噘，将衣袖卷高了些，说道：

“哎，小鹊，别怕，他不会有事的，应该还有意识呢！”听小姐这样说小鹊更不敢走近那个俯身趴着的洋人了。

小鹊歪着脑袋，瞪着眼睛望着小姐疑惑地问：“小姐，您怎么知道他不会有事？他都伤得流血嘞！”

小姐推了一把小鹊，示意她抬洋人的后脚：“别怕，相信我，我们把他先翻过来看看。”那位小姐一边说，一边仔细察看了男子的伤口。然后，她俩试着给他翻身。

男子被外力刺激得大咳起来，很多河水连同一条小鱼被吐了出来，呕吐物弄脏了少女的马靴。总算吐干净了，男子慢慢转醒了过来，他无力地抬了抬发青的眼皮，发紫的嘴唇有点哆嗦，可能在水里泡得时间太长，失温太久的缘故吧。

阳光照得约瑟的眼睛发疼，睁也睁不开，他意识到有人在搬动他的身体，声音一个尖细，一个听得不清楚；他周身疼痛，脑袋胀得快爆裂了；他无法发出正常的声音，只得勉强吐出四个字："我——叫——约——瑟！"

"知道了，好了，请别说话了。"有个柔柔的声音在耳边响起，盖过了风声和鸟鸣，让他感觉有种莫名的安全感，仿佛回到了儿时，躺在妈妈的怀里，听妈妈轻柔的话语："宝贝，别说话，听听风声雨声，它们在唱歌呢！"于是约瑟彻底放松下来，然后就会甜睡过去。

那位小姐看出受伤的约瑟需要马上治疗，她用马鞭拍了拍白马的前后腿，那匹马非常有灵性，微微趋前，让身子压低。于是她们主仆二人费力地把约瑟连拖带拉地放到马背上，然后牵着马走进了树林。

阳光透过树林照射在林地小道上，主仆二人牵着白马，白马驮着约瑟在林道里兜兜转转，忽然前路豁然开朗，一大片庄稼地呈现眼前。金色的麦秆随风荡漾，好一派丰收的景象。约瑟前胸贴在马背上，两手垂吊在马的左右两边，不断的晃动刺激着胃膜，"哗啦啦"，他又吐了。那位大小姐回头认真看了约瑟一眼，心里暗想："这个人一定受了惊吓，要好好调理才行，撑着点儿吧，朋友！"

说真的，这一路上约瑟确实受惊过度，身子已经虚脱了，现在更失去了知觉。迷迷糊糊中，他感觉脊梁骨后面升起了一阵暖意，身子周围好像被火光笼罩着，让他的意识恢复了少许。他试着睁开疲乏沉重的双眼，蒙眬地看到眼前围着一些模糊的人影，离他最近的是一位长者，蓄着山羊胡须，正在为他把脉。而长者身旁站着一位“天使”—— 一位黑发天使。“她就是那个大小姐吧？那个梳着丫鬟头的好像叫小鹊。”约瑟心想。

裹着棉被的身子已经暖和起来了，约瑟的意识也更清醒了。但他不方便坐起身给眼前的恩人行礼，因为他感到棉被下还光着上身。

在场的族人早已静悄悄地退了出去。看见约瑟醒来，长老会意地递上麻布衬衣给约瑟穿上，并端起桌上的粗陶大碗，陶碗内是熬好的姜汤，约瑟接过大碗捧在手上，碗还是热的。

约瑟喝着长老熬的姜茶，甜甜辣辣的姜茶刺激得喉咙有些烧灼感，但暖了他的胃，整个腹部暖融融的，呼吸也顺畅了许多，精神为之一振。那位长者眉宇间透着威严，神态安详地看着他，约瑟留意到他身后的墙面上挂着鹿角、麦穗、干玉米棒子做的装饰。那个叫小鹊的丫鬟接过约瑟喝完姜茶的陶碗，约瑟勉强撑起身子答谢道："小生约瑟，在此拜谢长老和姑娘的救治之恩！"

"嘻嘻……呵呵……"少女的笑声从通向里屋的竹帘后传出。长老含笑不语，却回头向里屋唤道："婉儿，出来吧，这位先生想感谢救命恩人哪！"约瑟循声望向竹帘，竹帘被掀开发出清脆的碰撞声，他目光瞬间就被盈盈步出的婉儿姑娘所吸引。

"是这位黑发天使救了我的命吗？"约瑟自言自语地说着葡语，长老皱了皱眉，随口"嗯"了一声，表示听不懂他在嘟囔着什么。

此时的约瑟，心像被电击了一下，激动地狂跳着，脸上也飞起了红晕，还好他的络腮胡子稍稍掩饰了他的失态。婉儿此时换了件湖蓝色真丝手绣连衣裙，脚上配着一色的缎鞋，清雅脱俗，如出水芙蓉。

约瑟凝视着婉儿走神了，冷不丁肩膀被人"啪"地拍了一下，他一回神，头一晕，差点儿跌倒，他赶忙扶住床架。小鹊瞪了他一眼："喂！洋鬼子，哪有像你那样看着我家大小姐的？羞不羞？"

小鹊突如其来的责难，让约瑟意识到自己刚才的失态，“哦，不是…… 我…… 噢……对不起！”他忙不迭地赔不是。

殷婉儿含笑大方地走到约瑟面前，向他微微行礼。约瑟留意到她的连衣裙衣领和裙摆用缎子裁剪成滚边荷叶型，而胸襟处绣着一朵含苞欲放的青莲，清新雅致。

婉儿没有回避约瑟欣赏他的眼神，笑盈盈地说：“约瑟，你刚醒，身体还很虚，等你好些了，再起床吧。救死扶伤乃天经地义，何以为奇？如果你诚意要谢，先谢谢小白，没有它，我们哪能把你活着拖回来？等你养好了伤，去小白那儿表达你的谢意吧！”婉儿姑娘调皮地笑说着，几句话，简短而干脆，听得长老预言又止，只好干咳了几声。

约瑟不断点头，“原来如此，约瑟无知，日后我愿帮姑娘天天为小白洗马厩、添饲料！”他说得很真诚，听得长老和小鹊瞠目结舌，婉儿却开心地笑歪了嘴。

屋内气氛热闹了起来，约瑟想起自己的此行的目的，心想：“不妨问问长老小屯的事情。”他向前挪了挪身子，问道：“前辈，听闻—— 小屯村有刻字‘龙骨’出土，我—— 很想见识学习一番，这也是我这次来安阳的原因。”约瑟又直了直身子，稍作停顿，继续说：“ 但是天有不测风云，途中遇暴雨雷劈——只好跳船逃生，被洹河水冲来这里，亏得你们相救，而我现在身在何处呢？”约瑟无奈地慢慢道出此行的目的及遭遇。

听完约瑟的述说，殷翔与女儿交换了一个眼色，然后关切地望着约瑟欣喜地说：“孩子，这是天意让我们相遇啊！你的苦难没白挨，但身子骨还没恢复，先静养几天，再让婉儿带你去看殷墟吧。”

“这么说殷墟就在附近啦？”约瑟冲口而出。

“是啊，离此地不远！”殷翔漫不经心地说着，将目光转向婉儿慈爱地说：“我这个女儿，从小喜欢骑马射箭，像个男孩子似的。”

“父亲！”婉儿娇嗔着，很显然是不想让殷翔再说下去。

殷翔看着墙上那些装饰的鹿角，觉得有必要向约瑟透露族人的历史：“孩子，不妨告诉你，我们鸟族是殷商的后人，当初为了逃避周王朝兴起后的灭门之灾，部分族人避入深山密林，世世代代都以打猎为生。殷墟被弃废后，我们的祖先悄悄回到这里，在这里隐居。 我们屯子村的族人们生活低调，两耳不闻窗外事，千年来一直如此。我们从来也不外迁，默默地守护着这块祖地，过着自给自足的生活。”

约瑟认真地听着，好像听懂了又没有全懂，他望向婉儿，婉儿也在认真地听着，默默不语。

“后来，有人在北边的小屯村发现了治病的龙骨，这块地方才被外界所知。现在，越来越多的人来这里探秘，祖先的亡灵已被打扰，我们这代族人怕是再也守护不了了。”族长殷翔说完叹了口气。

婉儿理解父亲的担心，急忙改变话题：“父亲，过两天不是清明嘛，我带约瑟去周围走走转转，让他先熟悉熟悉我们的村子，顺路带他去放莲灯吧？”

约瑟虽然对汉语不熟，但他知道清明的含义，那是中国人祭祖上坟的日子；放莲灯是安慰亡灵为其指路的一种古老的民间纪念活动。他也不敢多想，觉得现在还不方便透露他在船上遇到的怪事，听了族长殷翔讲述的关于鸟族的历史，更坚定了他此刻想留下的态度。

“那就太好了，我也想多了解一点中国古文化，谢谢婉儿姑娘有心，今后更要请前辈多多指教啊！”约瑟真诚且谦虚地说道。

听了约瑟的话，殷翔只是淡然一笑。当他得知婉儿救了一个洋鬼子的时候，他不得不相信，那件兵器的威力已经不是辟邪防恶那么简单了。现在他还很好奇：约瑟为何那么热衷探究殷墟中的龙骨？他住的澳门是一个什么样的地方？有像他们周围这样的大山吗？他的汉语是如何学会的？但他还是克制住了自己的好奇。

时间在交谈间已近傍晚，约瑟腿上包扎好的伤口虽然还有些隐隐作痛，但比起自己的奇遇实在不算什么。他忽然想起那个行李箱，不由将目光移向四周。还是小鹊机灵，见他找东西，忙拦着他戏谑地说："你的行李，我们帮你晒在外面哪！不过那些洋玩意儿味道怪怪的，不能放进屋，小姐你说是不是？呵呵……"

"小鹊，你别小看我行李箱里面的东西，那可是装着半个欧洲的文化呢！如果你知道了它们的用途，一定舍不得丢掉！"约瑟的说辞，让小鹊哑然，嘟着嘴不知怎么回嘴。约瑟喝过姜茶，吃了一碗小米粥，体力恢复了不少。此时天已经黑了下来，屋外传来悠扬的鼓乐声，这提醒了殷翔。原来今天是祭祀天地的日子，这个古老的传统三千年来没变过，只是现在这个仪式不再采用甲骨来占卜祭祀，而是以乐舞为未来祈愿。怎么那么巧，今天这个活动也给这个洋人赶上了。

见约瑟并无大碍，殷翔领着他走出屋外。屋前不远处有一棵古槐树，树下燃着一堆篝火，族人们正在篝火旁举行祭祀活动，有些人围着篝火唱着祈愿歌，有些人戴着鸟族面具，随着远古的节奏翩翩起舞，传说，这是沟通人间与天神的最好方法。很快，婉儿和小鹊也加入了乐舞的行列。

人们尽情地唱着、跳着，热烈、欢快的气氛感染着约瑟。约瑟被越燃越旺的篝火吸引着，他慢慢穿过舞动的人群，走向那堆篝火。他仿佛看到从那舞动的火舌里吐出一条呼救的手臂，这条手臂不断向他挥舞着，在火焰里沉浮。就在约瑟伸出双臂想去营救时，“呼！”一把铜钺从篝火里飞砍下来！“啊！”就在危险降临的瞬间，一只手从身后拉住了约瑟，这是婉儿的手，她看见约瑟走向篝火，就觉得很奇怪，刚好此时舞到约瑟背后，适时地阻止了他扑向篝火自焚。当然，乐舞的人群并没发现这次惊魂。很快约瑟恢复了知觉，他极其惊悸地随婉儿走出乐舞人群。

“父亲！”婉儿拉着约瑟的手臂，径直走向殷翔，想质问的话到了嘴边又咽了回去，因为父亲的眼神已经说明一切。约瑟不明所以，心想："天哪，我的老毛病又犯了！为什么幻觉那么真实？"

殷翔很快恢复了镇定，刚才的一幕也没有逃过他的眼睛。现在他可以确信约瑟具有常人没有的"阴阳眼"。

屯子村与邻村小屯都西依太行山脉，地势平坦，水量充沛，土壤肥沃，而且交通便利。鸟族偷偷返回此地时，上祖的宗庙和王陵早已沦为废墟，昔日的辉煌已被世人彻底遗忘，如此鸟族才得以安然且不为人注意地生存至今。

虽然朝代不断更替，鸟族却没有再向外发展，世世代代地生活在他们的祖地上，他们自给自足，祈愿天下太平。族长殷翔和祖祖辈辈的鸟族头领一样，历经万险地守着神物兵器褂衣的秘密，直至如今。

约瑟已安然地在屯子村暂住下来，敷了族长殷翔给的药，他脚上的伤好得很快，在婉儿的悉心照料下身体也逐渐恢复了健康。

小鹊则每天照常陪婉儿一起练武、射箭。靶场就在屋后的马场上，那里还住着族人老马夫妇。为了坚守承诺，约瑟每天按时赶去马厩帮忙，不但能欣赏婉儿练剑，还能学习剑法。婉儿的身手矫健如飞燕，一招一式，快似闪电，约瑟无法全部记下，仅凭记忆将每天练剑的场面用笔记录下来。这位洋人工程师，被屯子村深深吸引住了，甚至有时候会想：这里是不是他最后的归宿呢?

清明节后的一个早晨，婉儿心情愉快地提着约瑟的竹箱和一袋东西来找约瑟。透过窗户，约瑟远远见到婉儿穿着亚麻布裙，步履轻盈，款款而行。约瑟的心跳陡然加速！没有任何女孩能像婉儿这样令他怦然心动，年轻的约瑟已经无所顾忌地坠入爱河。

看着婉儿就快走到屋门前了，他手忙脚乱地整理着自己，都好多天了，胡子长长了也没刮，真失礼！他也顾不得那么多了，装着要开门出去的样子，和推门走进屋子的婉儿撞了个满怀。

“啊！”婉儿娇唤一声，竹箱失手掉在地上，里面是约瑟的东西：烫得非常平整的两套长衫和蚕丝外褂、洁白的内裤及白长裤、棉袜子、剃须刀、一瓶古龙香水、一块香皂、一把水果刀、一个还没破裂的红波芝士（这是约瑟的最爱，出远门他都会带上几个）。看得出来，箱子和所有的东西都收拾过了，变得非常干净整洁。

他俩同时俯身捡拾，因为距离太近婉儿的整个身子好像要投入约瑟敞开的怀抱似的，他身上散发的气息让她心动神驰；她本能地缩回身，抬头正好迎上约瑟深情的目光，那里蕴藏着对她的爱慕与欣赏；红晕飞上婉儿的面颊，她低垂着眼帘，不敢再凝视那能融化她意志的眼神；转头抬手抚平散落的发丝，“我是怎么啦？慌乱个啥呀！”婉儿内心责备着自己。

殷婉儿今天是来邀约瑟外出去放莲灯的。她转身将一袋东西置于八仙桌上，微微理了理亚麻布裙边，偷偷瞄了一眼有些被动的约瑟，含羞不语。这时屋外传来喜鹊的鸣叫声，她踏出门廊，走向那口坐落于庭院中央的古水井。

井内的水透着清澈和冰凉，透过照入井底的阳光，可以隐约看到深井下的井壁有些小泉眼，有微微的细流缓缓注入井内，而井水深度始终保持在中水位，说明还有一个出水口在井底某个地方。这些地下泉眼在屯子村不止一个，族人们相信这些地下泉眼也通向洹河。

井边石墩上放着一把大葫芦瓢，两端系着草绳，由于用久了，葫芦瓢面已经有些破损了。约瑟随婉儿跨入古槐树院，看着婉儿打水的背影，让约瑟想起小时候父母陪他在海滩上玩堆碉堡的情景，他和父亲堆砌，母亲将碧蓝的海水灌入挖好的沙井内，沙井有一人那么高，在自己挖的沙井里嬉水，让约瑟难忘。

“约瑟，你没事吧？”幻境陡然消失了，呈现约瑟眼前的是婉儿关切的面孔。

“婉儿，嫁给我吧！”约瑟拉起婉儿的手，隐藏在心底的渴望冲口而出。

婉儿一阵颤抖，不敢相信眼前这个洋人贸然提出这样的要求，她竭力控制着自己，明澈的眼睛掩饰着自己内心的澎湃。

此时梯田那里隐隐传来放牛娃的歌声，其间夹杂着几声黄牛“哞哞”的叫声：

“ 牛儿你吃草——嘞！我吃馍——呦！清晨的空气伴着你和我，天空的朝霞——哟—— 伴着你和我，还有什么可求——哟！”

约瑟将还在发愣的婉儿轻拥入怀，这次婉儿没有拒绝。她的头靠在约瑟宽阔的肩膀上，约瑟留意到婉儿眼神内的一点慌乱和伤感。他俩相拥在古槐树下，婉儿没有直接回答约瑟的求婚，却向他道出一个鸟族代代相传的古老的故事。

传说，自殷商王盘庚迁都安阳后，三千多年来鸟族一直在洹河流域过着狩猎的生活。在商朝后期，纣王暴政，民不聊生，周灭商后，许多商朝的贵族被周王流放各地。而鸟族因为一直隐居在山林里，才没有被流放，得以传承至今。

随着时代的不断变迁，鸟族的后裔慢慢过上了男耕女织的生活，当然，狩猎还是他们生活的重要部分。

闪曾是他们上祖时代中的一个部族首领，他从密林中带回的天物褂衣，据称拥有魔法，只有被褂衣相中的人，才能支配这套护身降魔的兵器。

褂衣上的图案能离奇组合，横竖杠杠就像天书一样，它会对应天时、地利、人和的不同，变换排列不同的内容，形成不同的图案，这些图案代表着不同的含义，但具体是什么意思，也没有人能说得清。虽然褂衣如此神秘，但却从来没有人真正地拥有及操纵过它，也没有人真正见过它大展神威。几千年来褂衣被鸟族代代相传着，鸟族人坚信褂衣也一直在寻找合适的主人，只是一直没有找到……

婉儿的故事让约瑟感到困惑，他不解地问：“为何褂衣一直都没有选出合适的主人呢？”

“那是千百年来鸟族后人在寻求的答案，褂衣现在发挥不了任何功能。”婉儿边说着话边为约瑟在古井内打了一瓢水，她转身跑回大屋，为约瑟拿来了洗漱用具。

“快点梳洗吧，我还带来了麦面馒头，你就着那个红波什么来着？”婉儿侧着头问约瑟。

“芝士！”

“对，麦面馒头配红波芝士，将就着吃吧！”婉儿催着约瑟。

听了婉儿刚才的故事，约瑟开始为他们屯子村担心起来，他不明白婉儿为何那么信任自己。“是因为我向她求婚了？但她还没给答复哪！”约瑟暗想。

至于那件伏妖降魔的兵器褂衣究竟有何能耐，他没有再多问，也不想问。他爱上了这个屯子村美丽的姑娘，想和她白头偕老，这就是约瑟当下觉得最重要的事情。

古槐树下，两人十指相扣传递着彼此的爱意。婉儿红润的双颊，像娇艳的苹果；妩媚的眼睛透着泪光，长眉微锁；刚才还在惆怅自己身为鸟族的后人，在默默的期待中将会随风而去，无所寄托；但此刻与约瑟那纯粹的爱的眼神相对，她心中升腾起新的希望，爱恋之火在他们的心中熊熊燃起。

“嘘——”约瑟食指放在唇间，他不让婉儿再说话，却捧起婉儿的脸颊，情难自禁地吻去她咸湿的泪痕，千言万语都无法表达他心中此时腾起的幸福感和自豪感。

他俩都闭上双眼，任凭秋风轻拂着发梢，任凭蝴蝶停歇在他们的双肩；枝头鸟儿鸣，池塘蛙儿叫，放牛娃的歌声也无法打扰到他们此刻心灵的交流。古槐树苍翠欲滴的枝叶伸展得层层叠叠，为这对恋人遮挡着风雨。

这对中西男女，就这样长久地相拥在古槐树下，互相体味着对方的气息。爱照亮了他们前方坎坷的路途，每一分每一秒都是那么美好，未来每一寸每一段都会为这短暂的美好而接受考验和煎熬，日月将继续见证未来的一切因果。

清明时节雨纷纷，潮湿的空气中几滴凉凉的雨滴飘洒在这对爱侣的脸颊，他们同时睁开双眼，眼里的爱意盛得满满的。

一切好像都静止了一样，只有古槐树摇摆着它那些婀娜的枝枝杈杈，发出“沙沙 ”的声音。婉儿猛地记起，原本向父亲请令要带约瑟放莲灯的，现在却又下起了雨。

“我带你去看殷墟吧！”婉儿委婉地邀请着，含情脉脉的双眼已一刻也不愿离开约瑟。约瑟此刻的心已经被婉儿完全占据了，他疯狂且痴迷地爱上了这个殷商的后人。他们俩打着油伞，约瑟穿上婉儿新烫的长衫，带上便帽，满心愉悦地跟着心爱的姑娘向北面小屯村方向走去……

第五章

时间在不知不觉中消逝，浩瀚的天际又挂上了一轮明月，繁星点点，炊烟照常从各家各户的烟囱袅袅升起，梯田林场日间的欢声笑语转换成了晚间虫鸣交响曲。

族长殷翔下午去了小屯村的北面，他也听说最近有些可疑的人在屯子村和小屯村村口转悠。小屯村惊世的第一片甲骨文被王懿荣鉴定以来，村内的地主带着佃户们差不多将村北河边掏挖了个遍，为寻一片甲骨，已经不惜掘地三尺了。

殷翔的心情特别沉重，小屯村的开发让他极其担忧，为了族人及褂衣的秘密不被发现，小屯村的那段殷商时期的隐秘被揭开也好，这可能为褂衣觅主争取到宝贵的时间。

殷翔在小屯村村口观望的身影引起了一个人的注意，他就是“剃头佬”，自从这个家伙将刻字龟片当龙骨卖给药店后，引来了好多中外学士和收藏家，小屯村埋有千年龙骨的消息就是这样不胫而走的。

“剃头佬”现在已经不帮别人剃头了，收人家钱财就要帮别人办货。他今天刚帮那个佃户清理了菜园，收购了一袋碎甲骨，正想往村外赶，看到殷翔也在村口观望，就打定主意特意地走近打个招呼。

他晃着秃脑袋叫着：“殷翔大叔，好久没见您了，最近忙啥呀？闺女可好啊？”他有一句没一句地搭讪着。

“哦，是佬叔呀，我能忙个啥，趁身子骨硬朗，打多些野味储备过冬呗！”

“是啊，你们猎户人家靠山吃山嘛。”“剃头佬”眨巴着小眼睛附和着，殷翔也客气地点头。

“这个季节潮湿多雨，关节炎又犯了，麻烦您改天再卖些干炒红蚂蚁给我吧？我用来烙饼吃。”“剃头佬”抬头看看天，故做痛苦状向殷翔诉苦道。

“好，佬叔，我让大牛明天帮你送去，但你记得定时吃！不要与酒同服！最近生意怎样？看您脸色青黑青黑的，不是挖的白骨多，惹了什么龌龊东西吧？”殷翔看着“剃头佬”的脸色关心地问了一下。

“剃头佬”脸色一紧，一边不断道谢，一边想着另外一件事情，这件事情像噩梦一样缠绕着他。他没法和殷翔说，自己也不知道那些“异类”为何突然找上他，他后悔自己贪财，天哪！真不知该怎么向殷翔大叔解释！

殷翔看着“剃头佬”不自在的样子，好像病得不轻，心里也很为这个外村人的健康担心。见他渐渐走远了，他才转身向屯子村走去。他也不忙着回家，看看天色不早了，心里惦记着地窖里的储备，最后还是往屯子村西边的那排茅草顶大屋走去。

一路上，经过草场地，马房的门开着，他心里想着其他事情，走近马房也没想着进去，那里有老马夫妇照料着，他也不担心，他们夫妇几十年如一日，吃住都在马房旁边的小屋里。

“嘶——嘶——”马厩里发出马儿低鸣的声音，也传来“呜呜”的低泣声。殷翔感觉不妙，他疾步走入马厩，油灯半暗半明地照着两边受惊的马儿，它们在各自的围栏后面没有嘶鸣，只是烦燥不安地用马蹄掘着地，令地面有些震动。

马厩最后一排是母马“枣儿”待的围栏，地上铺着干草，但殷翔被此刻的景象吓到了，枣儿挺着个大肚子躺倒在围栏后面，口吐白沫，好似惊吓过度而倒地的样子。

老马夫妇情急中见族长来了，赶紧退出围栏，让殷翔进去查看。“族长，几分钟前我们听到马厩有动静，进来看时，枣儿已经倒地了，我们真怕会影响未出生的小马驹！”

殷翔不敢怠慢，赶紧给这匹马诊断，还行，“受到惊吓，死不了！”说着就拿出随身带的一盒药膏，挑了一点擦在马鼻周围。老马夫妇看到那枣儿被药味刺激得开始打喷嚏，仰头屈腿准备爬起来，紧绷的心才稍稍放松下来。

殷翔虽然救了这匹枣红母马，但心中怀着深深的不安。怀孕母马在马厩昏厥这种事情还是头一遭遇见。隔壁围栏的小白看见枣儿站起来了，仰头欢叫起来。它像人一样观察着刚才那一幕，同样感激地向殷翔点着它漂亮的马脑袋。

殷翔观察着马厩的门锁，没发现异样，转身看见了小白把头举得老高地从隔壁围栏那儿望着他，这匹马是他送给女儿十八岁的生日礼物，蒙古种马，与众不同，非常有灵性，就差不会说话了。

望着小白焦虑的眼神，殷翔仿佛感觉到了什么，但那种一晃而过的幻觉太不真实。“老马，这件事太蹊跷，晚上多留个神，能摸清枣儿昏厥的原因就最好。”老马夫妇不断地点头，他们服务马厩那么多年，也是头一遭遇到这种事情，俩夫妇几乎有些手足无措了。

殷翔怀着不安的心绪离开马厩，直接去了草场地西面的地库院。每到冬季，天气寒冷，暴风雪肆虐，为了度过这样恶劣的天气，鸟族族人不得不将猎物风干储备起来，以备不时之需。

那个地库是一个挖得很深很长的地下室，没人敢独自在里面行走得太远，据说里面一直没有完工，能用上的只是屯子村下面的那段，其他未完工的地道都封闭着，除了每一代的族长，其他族人未得允许不得进入。

为了便于撤离，地库内有特殊的密道通往西部太行山脉的某些神秘山涧和密林。地库内非常干爽，夯土打得特别结实，每段距离间隔成排或是并列成“亚”字形。地库内现在存放着鸟族供给族人的一些必需品，如牛、羊、野猪肉干、洹河鱼干、麦酒、花椒、干果，以及刚打下来的麦子，都囤积在地库内的夯土坑里，一坑一坑摆放得满满的。打理地库需要专门知识，有些古老的方法，管理员大牛在殷翔的指导下，也都做得面面俱到，从没让殷翔太过操心。

草丛中，蟋蟀“唧唧”地低唱着，殷翔踏着麦秆枯草，摸黑来到地库外的茅草顶大屋檐下，走上五级台阶上的回字形长廊，门口左右两边夯实土墙上，插着燃着的松枝，照亮着前方阶梯下的地库院，院中央也种着一棵大槐树，槐树上挂着几盏灯笼，树影婆娑，借着灯笼的光亮可以看见一百米开外的马厩。

看见那扇唯一可以进入地库的兽面铜环铁门向外敞开着，殷翔心里一惊，“大牛这么晚了还在地库工作？”踏上台阶，木制的走廊很长，以回字形环绕着这件茅草顶大屋，进到地库外屋里面，一堆堆垒起的柴和松枝捆绑着堆放在墙角。通往地下的库门也敞开着，隐约听见地下室传来说话声。

殷翔吃惊地走入通往地库内长长的石梯，下到十米深的库房内，却见婉儿携着约瑟正在看大牛点货。他们三人都没有想到殷翔今天晚上还会来关心地库内的事务，吓得“啊”地惊叫起来，以为是什么异物闯进来了。

殷翔被他们叫得脚下一滑，差点从最后一级台阶处踏空摔下来，婉儿看清是父亲，赶紧趋前扶助他，并连声问安。约瑟和大牛一时不知如何是好，还好殷翔抬手向他们示意不碍事，他是一个练武之人，身体还挺硬朗。大牛放下手中的货品，赶上前在殷翔面前乖巧地认错：“族长，我在这里整理一些存货，小姐带约瑟来参观，以致锁门晚了，请原谅我没事先和您说。”

殷翔被婉儿搀扶着很不自然，他温和地笑起来：“孩子，父亲还没那么老吧？”他转身抬脚，活动活动脚关节，转动很自如。看着眼前三个大孩子，殷翔稍稍收敛笑意，严肃地提醒道：“孩子们，进入地库，切记要随时关门，你们就不怕晚间野狐、黄鼠狼之类的动物走下来吗？”他也不想多说更可怕的后果，点到即止。他转头打量了一下约瑟，“这个洋人恢复得好快，他怎么对这里那么有兴趣？”接着话锋一转：“孩子们，你们来得正好，大牛那么多的事情也需要帮手。约瑟，看来你也恢复得很好啊？”

约瑟正巴不得殷翔让他干点儿事情呢！他看了看婉儿，然后自荐道：“殷翔大叔……哦……对了……族长！很愿意为您效劳！”

殷翔看了婉儿一眼，婉儿眼帘低垂，腼腆地笑了。殷翔侧过身，借着地库下的光线看到约瑟坦荡的目光，从中露出敢于承担的勇气。他转身对大牛吩咐道：“牛子，今年雨水多，通知每户族人再多领两石麦子，不要在这里储备得太多，放太长时间就麻烦了，要多备些干柴和松枝。”

“是！族长，我明天一早就在外面贴出通知，确保明天屯子村每户族人都可以领去两石麦子！”大牛很认真地接下了任务。

大牛刚才将包好的干炒红蚂蚁给婉儿和约瑟看，有几包还没放好。殷翔见了马上提醒他：“外村那个‘剃头佬’，今天在村口遇上，他说风湿病又犯了，要买几包红蚁，你有空给他送去吧。”

大牛捧着账本，一边记着，一边答应着。殷翔看着大牛认真利索地工作着，也就不再说什么了。

这时，婉儿张了张嘴，一副欲言又止的样子。她今天带约瑟特意来参观地库，还想问问神秘的地库通往脐连洞的事。她从小得知，作为鸟族族长的女儿，长大嫁人后，必须到脐连洞分娩。这是族人首领代代相传的习俗，为的是在分娩的那一天，能让褂衣找到合适的新主人。

在婉儿的眼中，父亲是强大的后盾，她从小失去母亲，是父亲一手带大她的，所以她特别敬重父亲。

“父亲，我在问大牛地库密道的事。”婉儿看见父亲眉头紧锁，小心地问道。一旁的大牛什么都没察觉到，他认真地解释：“小姐，这个密道我也没钥匙，里面听说很容易迷路的。”

殷翔捋着山羊须若有所思。“这个密道是先祖修建的，里面迂回曲折，除了每届族长和家眷，普通族人禁止进入。”殷翔说得有些犹豫。

婉儿和约瑟互相看了一眼，没再问什么，而殷翔也没再解释。“约瑟，明天会很忙，你也来帮忙分麦子吧！大牛需要一个好帮手！”殷翔话锋一转扯开了话题。

听了殷翔的话，约瑟非常高兴，他不假思索地点点头，爽快地接下了任务。

约瑟心里佩服大牛能将这个地库打理得那么井井有条。每年冬季族人们的过冬储备不够，随时都可以在屯子村的地库中提取，当然是按人数的多寡分配。而每年不管哪户人家婚丧嫁娶都可以收到地库送出的集体礼物。当然族人间的礼尚往来是自由的，是不需要上缴集体地库的。

屯子村这样的管理模式延续了几十代人，他们习惯于奉献自己的劳动成果让大家都可以分享。地库的管理、历代存取都井然有序，到了大牛这代管理得也更科学了。

约瑟看着大牛还想问点什么，这时殷翔开始催他们了："约瑟，你和婉儿来我的书房，我有事和你们商量。"说完，微笑着示意他们俩和他一起离开地库。

他们一行三人告别了大牛，踏着夜色走向族长的起居室。大牛目送他们离开地库，听着那扇重重的地库门关上的闷响声，他突然感到一丝寒意，禁不住哆嗦了一下。

路上，他们三人没有再说话，但他们怎样也没想到，就在他们身后的不远处，有些东西在偷偷地跟着他们。

殷翔住的起居室搭建在一座夯土高台上，四个方向的出入口正对每间屋子的正门处，高台建有五级台阶，让人方便走上走下；屋顶也是用茅草铺盖而成；每个方向的回廊脚柱上都燃有一个灯笼，照亮起居室周围二十米的地方；有一条石板路直接通向林场，石板路上每隔二十米都建有一根木柱，挂着明亮的灯笼。

让人不解的是，离起居室二十米远的地方，围着房子挖了一圈五米深的壕沟。壕沟的边缘用铜线围成的篱笆像一支支朝天的利剑，好像在防备着某些可怕的东西，只有一把长梯架在壕沟上面，宽一米左右，两头都可以升放，据说由古传到至今。

夜黑漆深沉，月亮躲进了黑云中。屋外的大槐树不安地摇曳着树枝，树叶发出“沙沙”声。漆黑的星空下，正有一个鬼魅的影子贴着地面渐渐靠近起居室，但被屋外的铜篱笆所挡，无法再接近。

此刻殷翔已经带着约瑟和婉儿来到起居室内的一间书房，书案简洁朴素，文房四宝也一应俱全。虽然屋外的吊桥已经收起，殷翔还是非常小心地检查了书房内的所有摆设。他们屯子村的人代代相传的宝物，也就是那件被称为褂衣的护身降魔兵器，就被供奉在一个书架旁的砖墙后面。

约瑟留意到书柜左侧某块砖被殷翔迅速按了一下，砖块凹了进去，由里向外推出一个长方形青铜盒。殷翔抚摸着刻有雀鸟纹饰的铜盒，神色忧伤。

“嗒”的一声，铜盒盖子上的环扣松开了。盒子里放着一件红闪闪的衣衫，式样古朴，图案奇特。约瑟瞪圆双眼试图看清眼前这件传说中的褂衣神器，可是越努力看，眼睛越发花。无奈，他将目光移向婉儿，原来她也在看他。突然，约瑟感觉阴暗处出现了某些图案的幻影，那正是他刚才努力想看清的图案：一张撒开的红色利剑网。

殷翔没理会目瞪口呆的约瑟。他虔诚地将褂衣在书桌上摊开，按上祖的方法，用筷子夹着一张半透明的米纸贴近衣服观察着，还不时做着记录。“我们目前还解释不了这个神器上的图案为何会游离于布线之间。”殷翔放下米纸，若有所思地说着。

褂衣上有几幅不同的图案，一幅是由条条杠杠组成的山的形状，一幅是由条条杠杠组成的地的样子，还有一幅的形状犹如流动的水，图案红杠如血，凝而不乱，似乎在等待主人的出现。

殷翔摊开天书一样的笔录，他每次都会按上祖的方法，观察褂衣图案的变化，一有新组成的图案就记录下来，但图案为何会游离于布线之间，千百年来都没有答案，或许它的存在老天自有安排。

今天褂衣上的图案按上祖的方法可以解读为："喜事将近，若疏于防范，祸事即来；防不胜防，唯有顺应自然，坦然谨慎面对，物极必然会反。"

"一幅劫后逢生图啊！"殷翔神色凝重地自言自语。

约瑟和婉儿都没有说话，他们一脸茫然。殷翔知道这对年轻人正在交往，心里为女儿的未来捏着一把汗。

按照鸟族的风俗，族长的子女一旦成婚，女方怀孕了的话，必须在怀孕第三十六周时，带上褂衣，前往后山的脐连洞中等待分娩。

婴儿降临的瞬间，有灵性的褂衣就会知道是否找对了主人。而丈夫必须在妻子分娩时守护着妻儿，因为那一刻对产妇和婴儿都是最危险的，阴阳之气混沌，无论褂衣有没有找到新主人，"异类"都会趁机伤害产妇和婴儿，更可能趁着"混沌"

的时机夺走褂衣和婴儿，一旦让它们成功了，必将天下大乱，带给人类无尽的灾难。

殷翔至今还深深怀念着自己的夫人殷婉婉。他的书房台案后面的书架上，放着夫人生前喜欢阅读的各种书籍。夫人喜欢做陶器，小巧典雅的陶制器皿，釉色简洁古朴，点缀着书房中每个角落。殷翔抚摸着那些作品，往事又沥沥浮现在眼前。

那是一个风雪交加的隆冬夜晚，夫人婉婉正在脐连洞内分娩，剧痛令这位母亲就快昏死过去，看到婉婉的痛苦，殷翔的心就像刀割一样。

老天爷为什么要折磨他们啊？！保存着一口余力，婉婉勉强地配合着产婆，血汗将白棉纱布染成了鲜红色，血水不断地向下滴着，止也止不住；而此时的地面在不断颤动，好像就要裂开一样，殷翔知道混沌时刻的危险性，“异类”不知会以哪种形态出现侵害他们。

殷翔不忍目睹夫人如此的痛苦，又无法帮助她，就只能集中精力，手执铜剑，就地划了一个圈，把他们三个人包围在圈内，就好像孙悟空在西天取经的途中为了保护唐僧就地画圈的意思一样，只要不走出圈外，妖魔鬼怪就对你没辙。

殷翔手持的铜剑是上祖族长闪传下来的宝物，听说凭着这柄神剑闪离奇地得到了褂衣这件神器。如今，殷翔在情急之下，也尝试用这柄铜剑来保护家人，为婴儿顺产制造时间。

时间一分一秒地过去，褂衣没有更多的反应，静静地躺在铜盒中，就像阿拉丁神灯只服从他的主人一样，只要主人不出现，它就默默地等待着。

看着痛苦分娩中的夫人，殷翔心如刀割，他帮不上爱妻一丝一毫，唯有站在她的身旁，手足无措地看着血一滴一滴从爱妻的体内流失。

产婆颤抖着双手隔着染成血红色的棉纱布，小心翼翼地尝试将胎位不正的婴儿退回母亲的体内，孩子的肩膀终于推回去了，露出了头顶，产婆嘘了好大一口气！但是，产妇已经疼得晕了过去。

产婆不断地呼唤着：“夫人，醒醒，快醒醒！用力，用力啊！孩子就快出来了！”她流着泪，一边喊着，一边用尽全身的力气小心抚推着产妇隆起的肚子，一下，两下……殷翔俯身也想帮忙，被产婆制止，他按产婆的指示为夫人做人工呼吸并按压着心脏，一下，两下，三下……

就在这时，地上那摊流向洞口的血直竖了起来，“异类”以恐怖的形象显现了，它们扭曲着接近产妇，“扑哧”一声，圆圈阻挡了它们的侵袭，“异类”像被电流击到似的退了回去，它们分成几股血流包围着圆圈，却没有靠近，它们是在等候混沌时机的再次到来，就可以一举歼灭产妇和婴儿，掠走褂衣。

此时夫人突然醒转过来，她无力地睁开双眼，当她看清圈外的情况时，惊恐令其爆发了全身的能量，鼓足最后的力气，向外排推着胎儿；胎儿整个头都露出了体外，小脸已经憋得发紫；在孩子滑落的一刹那，产婆稳稳地接住了这个滑溜溜的差点儿没命的婴儿。

婴儿啼哭着，产婆以最快的速度清理并把她包了起来，她身后的“异类”，在孩子顺利产出的瞬间隐退了，消失了，地上还留下了那滩鲜红的血，发着刺鼻的腥味。

殷翔颤抖着双手接过婴儿，提起褂衣披在孩子的身上，但褂衣还是和以往一样没有特殊的反应，他明白，这次神器还是没选中主人。洞外暴风雪已经停了，黎明的曙光从洞顶细小的缝隙中射进来，殷翔右手抱着刚出世的女儿，黯然地站在夫人开始变冷的尸体前，悲痛欲绝！

殷翔叫约瑟和婉儿来书房，就是要告诉他们这个和褂衣密切相关的秘密，让这两个孩子早些明白他们的结合可能面对的未知危险，这是殷翔身为父亲及族长的责任。

殷翔很欣赏约瑟做事沉稳且内心富有责任感的特质，这可能也是女儿喜欢约瑟的原因吧。他们互相爱慕，这让殷翔又一次想起了他过世的妻子。他们的后代是否会是褂衣正在寻觅的主人？殷翔摇了摇头，让自己不再产生这种想法。作为父亲，殷翔不想干涉婉儿和约瑟的交往。

约瑟还是暂住在古槐树院里。早晨，他会去帮大牛做事，黄昏和婉儿相约梯田处，看着朝霞和落日，憧憬着未来。

约瑟自从来到屯子村后，一边静养疗伤，一边跟着婉儿四处走访和转悠，了解了屯子村好多奇趣的事情。

他们这个村子的人不轻易和外人交谈；族规中远古前有祭祀的活动，但现在已经废除了；听村里的长辈说，上祖的神灵会派一个有阴阳眼的人来人间，帮助他们做一件惊天动地的大事……

其实，最初约瑟从婉儿嘴里听到“褂衣”的传说，并没有当真，因为科学地来讲，好多信仰都是人为的对某物的崇拜。

但是当他看见真实的褂衣显现在他眼前时，也不得不信服了。他忽然明白了为什么一件“神物兵器”能让几十代族人值得为它而等待，为它而称颂，因为他们都是一群怀抱梦想的人，拒绝邪恶及拥有幸福家园是他们最初的梦想。

时代正在转变，以前男子以留长发长辫为荣，长辫就是男子的命根子。而如今，县里来了通知，带头剪发，是爱国行为，当然还加了句：“为了您的健康，请和您的长辫说再见！”这个比约瑟听到过的那句“要头不要发，要发不要头”的土匪语言文雅多了，容易让人接受啊！

据说，十年前，地处太行山东麓的小屯村，被村民“剃头佬”意外发现神药后，刻着占卜文的白龟板和兽骨被他当龙骨卖给了药铺。这一来，小屯村埋有千年龙骨的消息很快引来了一批收藏家和学者。

族长殷翔他们的屯子村处在小屯的西面，也受到影响。他虽然是屯子村的族长，但从不参与东面小屯村的事情，每次去小屯村，也只是礼节性的拜访，大家都是邻居嘛。

殷翔凡事随遇而安，好像小屯这块千年宝地与他们屯子村毫不相干似的。他内心唯一关心的就是自己的女儿和那件护身降魔的褂衣，绝对不能在他这辈落入“异类”手上。

过了清明节之后，殷婉儿和约瑟征得殷翔的同意，在双方家长和朋友地见证下成婚了。约瑟是个个性朴实宽厚、英俊潇洒的葡萄牙人；婉儿虽然整天刀箭不离手，但她毕竟是个花季少女，也渴望得到爱和归宿。

那年头，西风东渐已经让国人开了眼界，屯子村的鸟族也不例外。一对年轻的异地情侣，原本相隔万里最终却走到了一起。族长殷翔虽然是笃信鬼神的殷商后裔，但鸟族的传统令他更相信天意，既然老天爷这样安排了，那还能说什么呢，天赐良缘不可违呀！

成婚当日，天气也帮忙，太阳一早就露出笑脸。婚礼很简单，女方的家长是婉儿的父亲殷翔；男方的家长是约瑟的养父范达及太太果雅，他们在千年槐树下见证了这对新人的婚礼。

婚礼现场摆放着一张张树根形桌子，上面放满了一陶罐一陶罐自酿的果酒。那边林场上，大牛和几个壮小伙正在那个有一人高的烤架前烤着一头山猪。新娘做的蜂蜜饼，散发着诱人的清香。孩子们你追我赶，将麦芽糖粘在山楂果上，边吃边围着约瑟和婉儿跳闹着。

一对新人被欢乐的人群簇拥着，接受着族人们的祝福。

族长殷翔看看时辰差不多了，起身来到人群前，他伸展双手，瞬间，大伙儿都静了下来。

接着，他走到两位新人面前，引领他们走上搭在古槐树下的临时祭坛，面向西方的山峦屈膝跪下，祭坛上放着五谷杂粮和一些水果，中间位置放着一只烧乳猪，和传统的祭祀规模相去甚远。

殷翔举起手中的酒杯，举酒敬天："天道运行，周而复始，刚健不息！"他一扬手撒出了杯中的酒；继而举起第二杯："大地承载万物，包容一切生物，让万物得到土地的滋养和能量！"他们又同时将酒敬洒在大地上；第三杯酒殷翔敬于先祖，感谢先祖和神灵的护佑，令鸟族族人生生不息，鸟族意志长存；最后一杯酒他敬语新人："祝你们白头偕老，永结同心！"

说也奇怪，此时蔚蓝的天际出现了一道彩虹，横跨洹河两岸，天象大吉，殷翔感慨万千："各位屯子村的族人们，我们祖祖辈辈生活在这块美丽富饶的土地上，感谢大自然的给予和分享，敬仰天地宇宙是我们的本分。今天这对新人的结合犹如天赐良缘，我们在此见证并祝他们生活幸福，子孙满堂！”殷翔的说辞令得全场欢腾，大家齐声举杯敬贺这对新人的结合。

殷婉儿皓齿红唇，比她头上佩戴的杜鹃花还娇艳，约瑟把她轻拥入怀，此刻约瑟和婉儿的喜悦之情无以言表。“天苍苍，地茫茫，你是我的寄托和希望，愿我俩相拥直到地老和天荒……!”林场上空忽然飘起这首爱的颂歌 。

能来参加这场鸟族婚礼，范达和夫人果雅感到由衷的高兴。一星期前，他们收到约瑟的邀请信，万万没有想到，这个养子去了一趟安阳小屯村，居然还能喜结良缘，真是天降奇缘呀！夫妻俩本来已经回到澳门，不等放妥了行李休息几天，就买了票又一次千里迢迢回安阳前来参加婚礼了，可见对养子约瑟的支持和疼爱。

坐在婚礼席上，两人品尝着果酒和蜂蜜饼，看着鸟族与神灵沟通的传神古朴的表演，仿佛时光倒流三千年，让他们开了眼界。

新娘婉儿着装古朴典雅、白色亚麻布长裙裹着娇小玲珑的身段，裙摆如同鸟羽，随着她腰肢的摆动而扑扇着，婀娜多姿；约瑟握着婉儿的手，端着酒杯前来向范达和果雅敬酒。

果雅发出由衷的赞叹："老公，你睇！佢哋几般配，郎才女貌呀！"范达也不断点头，他喜欢夫人称他老公，这种广东方言的叫法，令女人更娇嗲，也更有女人味道。

夫人虽然是混血葡人，但可以说一口流利的广东话，这就是他佩服夫人的地方。他完全同意夫人的看法，约瑟终于找到他一生的挚爱，做养父的怎么能不为他感到高兴呢！但在来屯子村的路上，他还是带着一丝不安，一种无以言表的深度恐慌折磨着他。果雅看在眼里，没有出声，她明白她先生，有些事时机未到他是不会透露的。

"范叔，果姨，你们真的来啦！婉儿，这就是我的养父母范达和果雅。"约瑟开心地介绍着，看得出来，这次安阳行能找到自己的心上人——妻子婉儿是何等的高兴，天赐良缘呀！

婉儿此刻的心更甜蜜，她每天向上苍祈祷，希望能与爱人比翼双飞，厮守终生，约瑟就是了，这一定是上苍的安排。听到约瑟用生硬的汉语向范达夫妇介绍自己，她礼貌恭顺地趋步上前，向公公婆婆行礼，一改猎人的豪女英姿，展现出让人怜爱的少女模样，但她的眼神却透着矜持和稳重。

果雅非常喜欢这对新人，她扶起婉儿，惊讶这个姑娘是那么与众不同，具有一种古朴之美。她用标准的汉语说："婉儿，替你们高兴找到了彼此，祝你们日后不但恩爱有加，更会子孙满堂，小日子过得红红火火。今后遇到任何困难无法解决，都请随时来电告诉我们，范达和我会尽全力帮忙的。"果雅如此一番体贴的话语，让婉儿倍感温暖。她向范达夫妇深鞠一躬，并斟上两杯茶，亲手送到范达和果雅的手上。

范达和果雅都非常开心，用广东话来说，他们有了"新抱"，成为了公公和婆婆。果雅喝了一小口茶继续说："安阳的药铺离这里也只有几个小时的路程，来去也算方便，你们要常来走走；澳门就更值得一去了，约瑟在那里出世的，有好些风景和人文与这里不同。"

范达听太太果雅发出了邀请，也补充道："最近我们还想在广州开间新铺，到时你们来羊城玩，歇脚就更方便了。"

约瑟不断答谢着："好，好的，范叔、果姨，感谢二老的美意，我们一定常过去探望。"

果雅双目含笑望向范达，范达被太太的眼神提醒了，他不断点着头：“对喽，你们俩没事就别一直窝在家里，经常来澳门和广州玩，想必约瑟更希望早日带婉儿姑娘去游大三巴、妈祖庙、东望洋炮台等澳门名胜古迹，那里不仅有美景和美食，还有约瑟收藏的许多中国艺术品，他可是个有心人啊！”

约瑟含笑不语，他的眼神始终停留在婉儿身上，听到养父提起澳门，内心抽动了一下，有一种说不清道不明的感觉。他的父母早年随葡萄牙商队去澳门经商，约瑟是在澳门出世的；然而不幸的是约瑟父母在回航澳门的航行中遇海难失踪了，至今没有找到尸体。传说是商船遇上了风暴，在外海沉了，那时约瑟刚好九岁，失去父母的痛苦阴影一直让他无法释怀。

范达和果雅今次真的为约瑟感到无比高兴，眼前这位中国安阳屯子村的少女，殷商鸟族的后人，能令约瑟重新振作，就像他迷恋中国文化那样如痴如醉，约瑟父母的在天之灵也会感到安慰了。

已经是中午时分，太阳高挂，田埂边牛儿躺在树荫下，自在地摇着尾巴休息着，有些还在悠闲地吃着草；一些漂亮的小狗和小猫也混在人群中凑热闹，食物的香味引得它们把头伸得长长的，不时咽着口水。

按殷翔的吩咐，婚礼没有铺张，只是屯子村族人间庆贺一番。随着婚礼渐至高潮，老老小小欢庆之余，不忘跳起“猎舞”。这种古老的舞蹈，动作幅度粗犷豪迈，表达的是鸟族猎人们打猎时的无畏和勇敢。

可能烧烤的味道太香了，四溢的香味儿飘向远方，直达远方山峦处的密林，好多黑乎乎的眼睛透过“地缝”贪婪地向山脚下张望着，看不清它们是什么东西，但一定不是人类。

一股黑色气团飘浮在密林上空，山外的村民纷纷议论着这个不好的天象。清明节过后应该春意盎然，天气清朗，四野明净，正是大自然处处显示出勃勃生机的时候，而今年的林气却是那么厚重，黑压压的，希望毒瘴气体不要飘出来害人。

洹河一带的居民靠着河中丰富的鱼类资源生活，节气对他们很重要，人们还是很敬畏天地的，不好的天象也令他们极其不安 。

山峦后方，屯子村鸟族的婚庆依旧热闹。殷翔作为族长正在接待小屯村的一些朋友，和他们寒暄着，接受着客人的道贺。道贺的人送来了花生、大红枣和核桃作为给新人的礼物。

“族长，最近您没去我们村，原来在准备女儿的婚事哪！那位新郎不是中国人吧？这些年，也有洋人来我们小屯村做研究的，您那位女婿来自哪国呀？”小屯村的客人笑着问殷翔。

“那孩子还不是被你们小屯村吸引来的？我们这没你们那边兴旺，族人们只知道进山打猎为生，这不，今年的冬货我一早让大牛给你们留着呢！明天就叫他给大家送过去。多谢朋友们送来的贺礼，今天趁着热闹，多喝两杯，不要客气！”殷翔的回答不卑不亢，听着还算舒服。

这边应酬了外村道贺的朋友们，殷翔赶忙走向大牛那边，看看这个大厨准备得怎么样了。大牛留意到族长向他走来，一边忙着切肉一边笑着说：“翔叔，我知道您是来问我邻村的冬货备了没有。”说完，割下一块烤肉放在排队领喜食的客人盘子里。那些端着盘子排队等喜食的族人和客人们，盘子里已经堆满了八宝饭。

“大牛，由你安排，我就省心多了！照往常一样，大家邻里街坊，不用太计较的，明天送过去吧！”殷翔一边夸着大牛，一边望向长桌上那一大盆从猪肚子里卸下的八宝饭，心里暗自惊讶这个敦实的大牛还有那么好的厨艺。

屯子村的婚宴可不像其他村的旧俗那样讲究“八碗十二盆”，他们的族人简单惯了。只需一头烤全猪，当然这头猪可不是家养的，是猎手们上山打来的；褪了猪毛，洗净猪身和内脏，所有的猪下水都有专门的师傅打理，要腌则腌、要卤则卤、要烤则烤，一点儿不会浪费；猪肚子里塞满配好料的八宝珍藏：花生、云耳、冬菇、红枣、桂圆、莲心、红糯米、核桃仁 。

烧烤的时候，那个烤架就有一人多高，地面上要就地挖个坑洞，下面堆彻的是松枝和松球，而不是普通的柴，烤出的食物更有天然的果香味。

在堆砌的松枝旁围一圈铁网，靠着烤架的热力，铁网上还烤着番薯、玉米等食物，凭着这种烤架，烤出的任何食物都会奇香、奇酥、奇嫩无比。

烧烤时，猪肚子是用铜线封起来的，当烤到猪身半金黄、皮儿半脆的时候，要保持猪肚不破且要将内里的汤汁引流出来，最考验厨师的手艺了。在客人享受美食的时候，将这些汤汁淋在烤猪肉或八宝饭的饭面上，再撒上一些红椒粉，味道是超棒的！

一对新人正由孩子们簇拥着给各位客人派着喜糖，这次喜糖不同往日，是约瑟特别关照果姨从澳门捎来的，奶味花生牛轧糖和龙须糖。用牛皮袋装着，袋面上都按了一颗蜡制的红心封着口。

婚礼中的小鹊忙得一刻不得闲，看到人们都吃得满意而夸赞时，她才听到自己的肚子也在叫唤。她一边收拾残羹，一边走向婉儿和约瑟，漂亮的新娘被孩子们围着，喜糖派得手都软了，孩子还在不断要着，他们俩都已经忘记饿了。

婉儿看见小鹊走过来，知道她忙得也没顾上吃饭，忙对她说："小鹊，不要管我们俩了，你去大牛那儿拿喜食吧，我现在招呼不到你哦！"说着，还调皮地向约瑟挤挤眼。约瑟却很有风度地将几包喜糖送到小鹊手里，客气地说："小鹊，谢谢你这么帮忙，这些澳门带来的喜糖还有很多，先给你几包，回头再来拿！

小鹊一手接过喜糖，嘴不饶人地笑答："这些肯定不够的，呵呵，这个我先给大牛送去。"

领"喜食"的人们都领得七七八八了，大牛也帮小鹊准备好了一份，看到小鹊走过来忙递上食物，正好碰上小鹊递出喜糖的手，他们俩同时会心地笑了。

这天的婚礼非常成功，天公也作美，没有下雨。约瑟和婉儿躲开人群，他们牵着手漫步在田间和洹河边，牛儿向他们俩点着头“哞哞”地打着招呼，好像也在祝福着他们的新婚之喜。

第六章

冥冥中，好像每件事情都自有安排，婉儿新婚之后没多久就有喜了。前六个月害喜害得特别厉害，甚至一闻到菜香就要作呕，只好靠着蔬果、粥之类的食物维持着怀孕期间的营养。大家都担心着婉儿，而婉儿的精神却并没有因此显得憔悴。妊娠已达七个多月了，婉儿坚信肚中的胎儿不同寻常，母爱可以从她为孩子缝制的鞋帽衣衫间表露无遗。胎儿与母体的互动感应也不断增强了，为了这个还未出世的胎儿，她愿献出自己宝贵的生命换取他平安出世。

每次见到女儿脸上洋溢着幸福感，殷翔内心便无比感谢上祖神灵的保佑，同时他也更加虔诚地用心去和神器褂衣沟通，不敢怠慢褂衣的图案变化，虽然这些图案变化长期以来已有规律可循，但他还是耐心等待着新的奇迹出现。

接近小雪了，清晨的风吹在脸上已感觉寒冷冰凉。这天太阳没露脸，云层厚重，约瑟早餐后照常准备去马厩和地库帮忙，前脚刚跨出槐树院子，迎面遇上岳父殷翔，看他老人家眉头紧锁的样子，好像心事重重。殷翔抬手指向西面山峦问：“约瑟，你眼力好，帮我看看西面的那片山林上空，与以往有何不同吗？”

约瑟顺着殷翔手指的方向望去，在西方山峦的上空翻滚着一条条墨云，天好像要塌下来似的，相比头顶的天空，气氛诡异。

“那边山头翻涌的好像是龙卷风云啊！”约瑟如实告诉殷翔自己所看到的天象，他也是根据科教书上的知识判断的，无法确定就是那种可怕的风云。殷翔拍了拍约瑟的肩膀：“约瑟啊，等会儿找你，我先去看看婉儿，你忙去吧！”他有些掩饰地说着。

殷翔原本是去看婉儿的，途中却看到这个怪异的天象，心里感到很不安。鸟族历来有占卜的习俗，但他并没有进行占卜，因为褂衣上的图案已向他发出了警告，他需要尽快部署防范措施了。

看着殷翔凝重的神色，约瑟心里也七上八下的，他很想找机会向殷翔吐露心里的疑问。联想到马厩事件，事实已经表明："异类"正试图制造混乱、恐怖的气氛，从而达到它们重现的目的。约瑟自从来到了屯子村，他的梦游习惯一度停止过。那些让他筋疲力尽的梦，会穿越阴阳界碑之间，但他原本是不相信神鬼传说的，苦于无法解释在各个界点看到的现象，有些真实到差点夺了他的命。

回忆起十二年前秋季的那次恐怖大海难，他仍然心有余悸。当天，葡萄牙帆船"飞燕号"航行在离日本和马里亚纳群岛偏远的海域，这艘私人商船的目的地是澳门。帆船平稳地航行在碧波万里的太平洋洋面上，九岁的约瑟和父母在船舷上享受着午餐后的阳光，约瑟手上还有个漂亮的红漆风车。

"转呀——转呀——"他高举着风车在船舷上奔来跑去地玩

乐着，身后传来妈妈银铃般的笑声，爸爸不断叫着他的名字，示意他别滑倒……那一刻他还在笑啊！何曾想到太平洋洋面陡然翻脸，升起了三堵二十米高的巨浪，扑向他们的帆船，“飞燕号”瞬间被吞没。

在约瑟最后的意识里，母亲不断呼唤着他的名字，喊声在水泡里传播着，最后变得越来越弱，一切都被吸进了一个巨形的漩涡，周围除了漩涡还是漩涡。

“爸爸，妈妈，你们在哪儿啊？”约瑟举着红色风车的手还在挥舞着，耳边不断传来父母最后的欢声笑语……

“约瑟！约瑟！你往洹河里走干吗？”大牛的喊声将约瑟的思绪拉回现实中，他梦游病又犯了。

约瑟猛然惊醒，婚后的他内心虽然荡漾着甜蜜，但好像总有一层阴影挥之不去。他无奈地看着大牛，洹水已经深到腰间。他站在冰冷的水中，指着大牛大声要求道：“大牛，你发誓不要告知任何人这件事，这会让婉儿担心的，等她分娩后我会对她说。”

大牛含泪点头道：“约瑟，上岸吧，咱哥俩说说话。快，别着凉了！”湿透了的约瑟，披上大牛递给他的外套，随后他们一起回到了地库。这件事，他们没对任何人提起。

随着了解的不断深入，约瑟越来越喜欢屯子村了。屯子村古朴的生活，是约瑟从小向往的。披着晨曦，听着鸟鸣起身；迎着阳光，携着笑容和好心情展开一天的工作；顶着月牙在古槐树下休息数星星，那种浪漫让他暂时抛开了忧郁和烦恼。还有婉儿做的当地美食：大盘鸡、凉拌菜、麻辣拌面……比他在天福饭店吃到的道口鸡、杂锦锅更美味，他们自酿的果酒比店家酿的麦酒更香甜，他在这里还学会了分辨某些草药的不同功效。

约瑟更感谢上苍赐给他另一件珍贵的礼物，一想起即将出世的小宝贝，约瑟内心总会按捺不住激动，收工回家的脚步也会变得轻快起来；可是再想到婴儿必须在脐连洞内进行分娩，他的心情又会沉重起来。

晨曦照在田埂间，几只乌鸦在啄食着一只田鼠的尸体，约瑟站在田埂上抬头远眺，昨天西方山峦上空的那块龙卷风云向这边移近了。“奇怪，不会是错觉吧？”他带着疑惑向马厩走去，心里不免又担忧起婉儿来。他已写了书信告知果雅和范达妻子怀孕后出现的状况，前天收到了范达夫妇的回信，果雅已经同意来屯子村帮手接生。

范达夫妇在信中表示：他们获悉褂衣的秘密后，实在担忧约瑟夫妇及胎儿的安危，因为“异类”的传说实在太恐怖了。

最后，夫妇俩在信中告知约瑟，不管发生何种情况，作为约瑟的家人，他们一定会尽力保护婉儿母子和褂衣的安全。

小雪到了，上午，纷纷扬扬的雪花飘了一会儿又停了。

马厩内，约瑟正帮老马夫妇清理着马槽，那头受过惊吓的枣红母马待在属于它的木栅栏后面，不时伸出美丽油亮的脖子，“嘶嘶”地和约瑟打着招呼，那双美丽的大眼睛盯着他手中提着的一大捆干草。

小白在隔壁栅栏已经等得不耐烦了，它用蹄子不停地触碰着栅栏的门闩，这头俊美的蒙古种马是婉儿最爱的坐骑，也是这个马厩里的头领。老马夫妇总是每天让它第一个出马厩，其他放出去的马都会跟着小白，它们围着林场悠闲地吃着青草，从不走散。

小白从栅栏后“踢踏踢踏”地踱了出来，枣红母马抬头向“爱郎”“嘶嘶”叫了几声，小白向它的“爱侣”“得得”走去。

约瑟感怀地看着它俩耳鬓厮磨的样子，还没等他开声，小白已昂起头转身跑出马厩，身后跟着被放出的其他骏马。看着马儿们嘶鸣撒欢地奔跑着，约瑟高兴地去开闩放枣红马，但他绝没有想到，正当他挨近门闩的时候，突然从母马腋下转出一张布满獠牙的狰狞马嘴向他扑咬过来，“啊！我的妈呀！”约瑟被惊得瘫坐在地。这时老马走上前来，无声地打开栅栏的门闩，一头白色红点的小马驹撒开四条稚嫩的小腿跟着母马欢快地跑出马厩。

约瑟按捺着惊魂未定的心，看向老马，心想：“这个老实巴结的老马比平时更沉默了。”他告诫自己：“你不是旧病复发，你不是梦游，你又看见了不该看见的东西！”

马儿们悠闲地吃着草，太阳也开始钻出云缝露了个笑脸，好似在和大地打着招呼；树枝和茅草屋顶的积雪正在融化。约瑟没有再发现马厩有何异样，他和老马夫妇告别，赶去大牛那儿。经过刚才的惊魂，他可以肯定：“异类”正在以一种可怕的方式混入屯子村的生灵中。疑点越来越多，但还是没有头绪。虽然他对龟骨不再探究，一心一意地为屯子村打理着日常琐碎之事，但对卜卦的好奇驱使他准备收工后去找殷翔。

这几天，屯子村的地库比较忙，族人们都来提取过冬的物品。约瑟赶来的时候大牛正在按比例分配过冬的柴枝。他建议约瑟将过冬用的松枝和柴以一个星期的分量一捆捆地扎起来，垛好，有族人申请提取时，就不会乱了方寸。

他们还要赶在大雪封山前和族人一起添多一次储备，以防不测；鸟族这个沿用了三千年的传统，在第五十代族长殷翔这辈还很好地保留着。地库原来的用途约瑟并没有详细了解过，里面有列向排列的夯土坑，也有纵向排列的夯土坑，这些夯实的土坑在奴隶制社会是用来造房打地基和安放柱础的，现在每个夯土坑都用来堆放干货、麦子、松枝干柴；中间由宽两米的过道连接，方便置放拿取。就在约瑟清扫一处麦坑的时候，一声马的嘶鸣从耳边划过，让他震惊。

“大牛，您听见这里有马鸣声吗？”约瑟问在地窖口记账的大牛。

大牛执笔的手抖了一下，“难道约瑟也发现这里有异样吗？还以为自己有幻觉呢！”但他还是故作镇定地答道：“这里离马厩很近，可能是那边的马鸣声吧！”

约瑟不语，他听到的声音来自前方锁着的密道。“这条密道据说是通往脐连洞的。”约瑟暗想。

“大牛，我想打开这道门进去看看，有钥匙吗？”约瑟推了推石门大声问。这是一堵天然的石屏，为了方便开启，门槛处装有滑槽，门框是直接在厚重的石壁上开凿的，石门上凿有一把圆形石锁，锁上雕刻着鸟形图腾。凭着感觉，约瑟准备将三个手指按向两个鸟眼和那个张开的鸟嘴开启石门，正犹豫间，大牛已帮他按下了鸟眼。

“我爸说，做人不能太贪心，顺其自然就好。”大牛随口说着，向约瑟调皮地眨眨眼，约瑟报以会心的一笑。门锁松开了，他俩正想合力推那堵石门，这时滑槽内的石轮却轻易地将石门带动起来了。

“我的妈呀，原来这么容易就可以打开啊！”大牛好像刚知道这个秘密似的，将半个头小心地探入黑漆漆的密道。“啪”的一下，有东西扎到了他的前额，他惊骇地缩回头，赶紧合上石门。约瑟惊异地发现大牛的眉额间已经渗出血来，好像被尖锐的东西刺了一下。

“原来你也不知道密道内的情况啊！”约瑟赶紧扶住大牛抱

歉地道。大牛的伤口就像被人用戈在前额戳了一下，还好没有将整个头伸进去，不然还不知道有什么东西在门后等着呢！突然，大牛好像记起了什么，说：“对呀，我怎么忘了祖先的习惯啦！这个地库密道门后可能有陪葬守卫吧！”

“什么，什么！这里又不是祭祀墓葬坑！”约瑟惊奇地睁大眼，如果真的像大牛说的那样，就很恐怖了。

“别忘了我们鸟族的先人有这个习惯，在每次建筑过程中，打地基前后，甚至完工后都要举行祭祀仪式！”

“现在是工业革命时代，又不是奴隶社会！”

“但这个地库可是三千年的老古董了，每寸土都有故事呢！”大牛很认真地说到。

“你为什么不早告诉我，让我研究一下这个地库内的陈设也好嘛！”约瑟失望地唏嘘着。

“我怎么知道地库里有祭祀墓葬坑呀，族长他自己也未必清楚呢！不然的话，我们屯子村哪有那么平静安逸，早像小屯村的殷墟那边给盗挖了！”大牛说得也蛮有道理的。两个人你一句我一句地争执着，身影被油灯投射在地库的墙面，变成张牙舞爪的模样。

大牛对今天的失职深感内疚，按鸟族的规矩，非族长同意不得擅自打开密道门，可是门后面究竟有什么，连他也想知道，毕竟传说和睁眼看见是两码事。他的行为如果在上祖时代是不可饶恕的罪行，可能会被族长当众赐死的。

不过话又说回来，密道如果真的是通往脐连洞的，族长殷翔更应该早点告诉他们，让他们勘探一下有无危险，这对婉儿分娩是有帮助的。

过了一会儿，他俩不再争执。约瑟提议一起去见殷翔，将今天发生的所有事情和疑问都端出来和这位族长商量对策。但大牛执拗地不肯，理由是大雪就快封山了，他想添好储备，没有后顾之忧后再说也为时不晚。约瑟只能作罢，继续干活去了。

这天早晨天气出奇地晴朗，朵朵白云裹着阳光，暖暖地投射在槐树院的木制长廊上；积雪压着老槐树枝，令其更显沧桑与孤凉，与夏天的老槐树形成两种风姿；而被积雪压盖的老鹳窝里，鹳妈妈一家早就迁移别处过冬了，却有一个雏鹳被遗留下来了！一阵大风，雏鹳被吹落于堆着积雪的杜鹃丛中，扑腾着稚嫩的小翅膀，就快被冻僵了。

婉儿和约瑟一早就起身了，而住在槐树院内值更人房中的小鹊却不见人影。按照鸟族的习俗，地位比较低下的族人是不可以住在主人屋内照顾主人家的，所以小鹊平时比他们夫妇俩起得都早。约瑟换上了轻便的功夫装，准备练会儿拳再吃早餐，然后去干活。他在古槐树下练着太极拳，没发现任何异样。

婉儿已经怀孕九个月了，她走近窗棂前托着沉重的肚子抻了一个懒腰，看着屋外白皑皑的一片积雪，非常高兴。她随手披上一件裘皮风衣走出屋外，刚巧看到那只小雏鹳从老槐树巢上跌下来。她腆着大肚子快步走下门廊，约瑟叫她，也好像没听见似的。她走向那堆杜鹃丛，还没接近，肚内一阵难忍的痉挛疼痛，使她本能地停住了脚步。

约瑟赶过去扶着她，可婉儿已经伸出双手准备捧起那只跌落的雏鹳。这时，肚子又是一阵痉挛收缩，疼得婉儿感觉自己快被撕裂了一样，她的手停在半空，人却在约瑟怀里跌了下去。就在这个当口，小鹊不知何时出现了，只听“啪”的一声脆响，这个丫头手里的虫夹子上，已经夹着一条黑褐色的千足蜈蚣！婉儿大叫，约瑟紧拥着她，不让她接近那条邪恶的毒虫，他也被这条密林蜈蚣的样子骇呆了！殷翔此时已及时赶到，他抽出铜剑，斩下那只有尖角的毒虫头，那条毒虫扭动几下就变成了一缕黑烟消失了。

“小姐，让您受惊了！今天早上，我就觉得院子里有些异样的东西，但一闪又不见了，情急之下，就去找殷翔大叔帮忙，所以才赶回来，小姐……”小鹊还没说完，已经难受得哭了起来。

约瑟不敢相信自己的眼睛，一条千足毒虫被铜剑所斩就化成了黑烟，这是神话故事里的情节啊！不过他见过的异象还少吗？殷翔担忧地望着面如白纸的女儿，示意约瑟扶婉儿进屋里说话。约瑟搀扶着婉儿在内房的大床上躺下，小鹊一边难过地抹着泪，一边为婉儿沏茶压惊。殷翔确定屋内没有异样的东西后，将铜剑交到约瑟手上。婉儿已经镇定多了，脸上也逐渐恢复了红润。

“孩子，让你受惊啦！”殷翔关切地拉着女儿的手，今天的惊魂让他更加担忧女儿日后的安危。

作为猎人，殷婉儿见到的离奇生物也不少，但还是第一次看到如此邪恶的毒虫，惊骇之余，更加奇怪为何她第一眼看见的是一只小雏鹳？她将这个疑问提了出来。殷翔叹了口气，他郑重地告诉在场的三位，即将出世的小家伙极有可能就是褂衣的主人，因为刚刚正是他救了婉儿的命。

根据岳父的猜测，约瑟相信这些灵异事件都是冲着褂衣和未出世的婴儿来的。他极力回忆那次在洹河上的奇异遭遇，不无担忧地告诉了殷翔和婉儿他所看到的，并坦白他患有梦游症，总能看到奇怪的东西。

听了约瑟的话，所有在场的人都显出难以置信的表情，殷翔拂着胡须低声感慨："天意啊！天意啊！"

"你为什么不早说呢？有些奇怪的事情就是先兆！"婉儿不无责怪地道。

"早说了，真的就能防范吗？我也相信这是天意的安排。"约瑟一字一顿地说着，他示意婉儿不要打断他，"我相信任何事情都有因果，没有那次沉船事件，我可能就不会遇见你，并爱上你；我每天感谢上苍，拥有你们是我毕生的幸福！"约瑟这次说得有些激动，甚至流下了眼泪。

婉儿看着他，她张嘴也想说什么，却被约瑟阻止了，他需要适时表达对她无限的爱念，因为他相信即将出世的婴儿能够感觉到父亲是多么爱他和他的母亲。“婉儿，感谢你们让我再次体会了真爱！”

这番表白令小鹊感动得抽泣起来，殷翔干咳了一声提醒着约瑟：“孩子，我们现在的时间不多了，全力对付即将出现的危机，好吗？”殷翔的一番话敲醒了约瑟，他将刚才释放的感情收敛了起来，右手握着婉儿的手，左手执着那把鸟柄铜剑，冷静诚恳地问殷翔：“请您告诉我们该怎么做才能使婉儿平安分娩，让我们不受‘异类’的侵袭？”

“‘异类’最怕的不就是孩子顺利出世吗？这次它们寻找时机提早下手，就表明这个小家伙的出世，可能将被褂衣选为主人！”殷翔开始分析。

依鸟族上祖的经验，没有一次褂衣觅主会发生那么可怕的灵异事件的。

约瑟认真听着殷翔的分析，这也和他的观察不谋而合，他点着头等着殷翔继续说下去。可是殷翔却就此打住了，他反问约瑟有何高见：“孩子，照你看，用你们说的科学方法能否解释这些现象里面存在的关联呢？”

约瑟思考了一下说：“听您说过，代代相传的褂衣在上祖闪的那辈族人那里就没有找到过真正的主人，我也想不明白，为何同是族长的后代，褂衣就是不选择他们为主人呢？”

“现在我有点想明白了，”约瑟接着说下去，“褂衣是天物，它的降临不是偶然的，是有选择的；虽然我们一点儿也不清楚它的来历，但有一点基本可以肯定，它在考验我们的耐性。而鸟族拥有的铜剑，可能是褂衣找到主人的关键，不然为何褂衣要让你们鸟族等上三千年呢？我们现在根本没时间去解开这把铜剑的来历。”

约瑟讲到这里，停顿了一下，看着殷翔和婉儿，心想：“我是不是说得太远了？简单点说会更好吧！”

“可能——褂衣在等待一个可以和灵异空间沟通的人出现。”约瑟说到这里无奈地耸了耸肩，“那个人——可能就是我。”他大胆地假设道。

殷翔点头赞同约瑟前半段的解释，他戏言道：“褂衣真有耐心等待啊！它好像是一套被设定了智能模式的衣裳，不符合它的要求，它的功能就一直处于关闭状态，也许它在引导我们的思维走向吧！”

约瑟感到殷翔和婉儿都认同自己的假设，于是继续说下去：

“褂衣需要一个符合它设定模式的主人来开启它的功能，而‘异类’最怕的就是褂衣再现它的威力。”约瑟停顿了一下，婉儿拍了拍她隆起的肚子，婴儿在大力地踢着母亲，她向他报以安慰的微笑 。

“大约黄帝和炎帝时期，这件兵器流落到了地球上，为人类开启过一次，而后就一直处于关闭状态。”殷翔补充说。

“而你手中的这把铜剑的来历是鸟族那一辈族人的秘密，也没有详细记载，连以前的龟骨上也找不到任何资料。”殷翔继续提醒约瑟，“‘异类’不会因为一把铜剑而大费周章，显然在掛衣未找到主人以前，这把铜剑是唯一可以斩杀‘异类’的武器，看来褂衣的威力在于 ——它可以找出邪恶的根源，这是‘异类’最惧怕它出现的原因。所以，只要趁着阴阳混沌的时刻，拿走褂衣和杀死那位小主人即可开启异度空间大门。”约瑟瞪大眼说出结论。

一切的迷惑都明朗化了，婉儿极度担心地问：“约瑟，什么叫异度空间？它的开启对我们有何影响呢？”

约瑟想了想，简单地解释道：“如果就灵异现象来说，就是开启了鬼门；而科学地解释，可能会连接开启四维空间，显现的是一种具侵略性的外层空间生物。”

婉儿和父亲殷翔都是第一次听到“四维空间”这些词。他们对宇宙的认知一半来自殷商的文化，一半来自《易经》中的风水玄学。

“假设万物由无极生太极阶段之前可以称为混沌阶段，之后一系列的变化：太极生阴阳，阴阳生两仪，两仪生四相，四相生成八卦，八卦生万物就很容易解释了。”殷翔数着手指推断着这些比较复杂的易学现象。

“这些周而复始地循环发展可达至无限的可能性呀！”殷翔感慨地望了一眼约瑟，觉得约瑟讲的四维和人类的思维何其相似。

“四维空间，或者五维六维也好，和人类的思维一样，在正常情况下都摸不着、看不见，但它们确实存在，对吧？思维是通过人做载体，将思维以文字、图片、肢体行为语言的形式表现出来，使其变得可视可听了。”殷翔将自己所想到的大胆地说了出来。

“宇宙中应该存在着很多这种你说的四维或其他莫名的诡异空间吧？”殷翔又问约瑟 。

约瑟发现殷翔父女很快就理解了他的假设，他都不清楚自己究竟说了什么这么起作用！

“如果博大精深的易学让我们有所启发，那褂衣和它有何关联之处呢？”殷翔又产生了新的疑问。

“为何褂衣那么执着地等待？开启它的钥匙可能就是这么简单：没有就是有，有就是没有！”小鹊越听越糊涂，她憋了好久，终于把自己想说的话说出来了 。

“或者说大千世界就是这样形成的，宇宙万物就是这样融合而成的。”她的说法让在场的人都很惊讶。

“‘融新纳慧，吐污排毒’，才能排除万险；而‘从无到有，从有到无’是宇宙万物永恒的循环规律。”小鹊的话令殷翔的思维慢慢清晰起来。

他们不禁啧啧称奇：设计这件褂衣的人，将这件神奇的兵器赋予了宇宙精神和哲理呢！

“传说中的褂衣原来有着那么深远的意义啊！”小鹊也感叹道。

就在他们讨论下一步该怎么防卫的时候，大牛急匆匆地赶来，这么冷的天，他跑得满头大汗！“族长，外村的剃头佬在村口闹事，说他上次吃了红蚂蚁烙饼，风湿没治好，现在的关节肿得像个大馒头似的，紫青紫青的，不能走动，还奇痒无比呢！他还说是您教他这个吃法，与酒同饮！”大牛气喘吁吁地说。

殷翔要约瑟和小鹊留下继续照顾婉儿，并向约瑟要回铜剑准备随大牛前去。

然而，当他走到院内的古槐树下时，忽然想起刚才发生的恐怖毒虫事件，他停住了脚步，决定不走了。他转身对着大牛，刚好看到了大牛的眼睛，“奇怪，大牛的眼神怎么那么呆滞的？！这个孩子虽然性格憨厚，但也不失机灵呀！”殷翔暗想。突然他挥起铜剑作势向大牛劈去，约瑟看到了大惊失色，“族长您怎么啦？！”大牛大叫间，小鹊扶着婉儿听到声音也跑出了屋子。只见大牛软软地瘫倒在地上，一团黑气从他的鼻孔和七窍间蹿出，碰上铜剑的锋芒，化为尘沙飘散消失了。

大牛慢慢清醒过来，望着殷翔不知刚才发生了什么事。殷翔立即吩咐约瑟和大牛，通知每家每户都将祖传的铜剑拿出来，没有的，自己打造一把，然后交到地库里，由他统一让褂衣的宁红之光为所有剑身开光。希望那些铜剑可以暂时挡住“异类”的入侵。

“异类”在褂衣找到主人之前是不会善罢甘休的，它们会使出更可怕的招数，引诱持铜剑的人离开婉儿身边，然后再向婉儿母子下手。由于混沌时刻未到，“异类”还无法完全显身，铜剑的力量就足以消灭它们了。时间紧迫，可谓分秒必争。

范达夫妇自从收到约瑟的告急信后，就很担心婉儿母子的安全。果雅已一早准备妥当，带着丈夫的叮咛，马不停蹄地赶来。

接到果雅即将到达的电报，约瑟和殷翔顶着刺骨的寒风驾马车在洹水渡口等待果雅。黄昏时分，果雅坐的帆船顺利到达渡口。

约瑟老远看见一位气质不凡的夫人缓缓地踏上岸边那座木桥，木桥发出“咯吱咯吱”刺耳的声音。果雅身穿一套蓝羊绒窄腰高领冬装长裙，肩上搭着件新款的欧式白底蓝花羊绒披肩，右手提着个小巧的皮制行李箱，左臂还挽着个迷你急救红药箱。

约瑟赶忙快步登上木桥帮忙提行李，并问候果雅："果姨，一路辛苦了！您能来，我就安心多了。"他口上说着，也试着将铜剑移向果雅，果雅敏感地露出非常不解的神情："约瑟，您不欢迎我来吗？怎么横着把剑欢迎我？小心药箱，这里面可是救婉儿产子时的医疗用品和药啊！"

果雅不理解很正常，她哪里知道这几个月来，屯子村所发生的可怕事情呢！为了不惊动毗邻的小屯村，屯子村的百多个族人在族长殷翔带领下，按部就班地做着防卫。由于他们屯子村长年累月靠打猎捕鱼为生，所以这样的举动并没有引起小屯村的不安。"异类"是最会乘虚而入的，乱了方寸只能招致更可怕的后果。

收好铜剑，约瑟提着果雅的行李，只说了一句："果姨，一言难尽啊！"说完扶着果雅转身准备走下木桥。他不经意地用眼角扫了一眼那艘开往河心的渡船，那艘帆船好生眼熟啊！看着那个渐行渐远的渡船，船夫摇橹撑船的健硕背影，长发围脖，戴着斗笠……一切都是那么地熟悉，看着看着，他的心里渐渐不安起来。

"约瑟，你没事吧？在想什么呢？"果雅关心地叫着约瑟，她知道这位养子站着也会梦游的。殷翔看在眼里，心里的担心没有表露出来，他也是最近才听约瑟自己说出病因的。果雅的再次来访，让殷翔倍感安慰和感激。这位澳门混血女子看上去五十多岁，稳重大方，举手投足都看得出来是受过良好教养的。九个月前范达夫妇来参加婉儿和约瑟的婚礼时，果雅已给族人们留下了很好的印象。她有一种与众不同的气质，处变不惊，内敛含蓄。

约瑟将养母果雅扶上马车，殷翔驾车准备返回村子。天阴沉沉的，时下已经进入小寒节气，这个时段属阴盛，也是一年中最需要进补的时节。果雅为了即将临盆的婉儿，已经计划好了调补的食谱，她将食谱递给了殷翔。

“族长，今年小寒来得早，约瑟来信提到婉儿茶食不香，您看看这张调补药方，需要添加点什么，我们店都有，让伙计送来就行了。”果雅说。

“范夫人，您实在是太有心啦！多谢您了，我们这啥都有，不用劳烦。这方子开得好，明天我就把该买的都买回来，天一降大雪，就不大方便了！”殷翔感激道。

马车拐过一个弯，出了林子，前方开阔地就是屯子村的地界了。约瑟指着林子后面被树林遮挡着的地方说："果姨，殷墟就在这北面，改天我再带你去见识见识！"

听养子这样说，果雅非常高兴："好孩子，有时间一定去看看，上次来也没看上。"她忽然记起临行前范掌柜告诉他的一个秘密，是有关屯子村的，要她发生任何事情都务必尽力照顾好婉儿和约瑟的孩子，药铺里的事情不用她操心。

果雅在澳门老家排行第八，后面还跟着两个弟弟，所以家里头都叫她八姑娘。十五岁的时候，还被叫去诊所帮忙从医的父亲接生过那对孖生弟弟。当时，看着其中一个弟弟布满血丝和羊水的头从母亲的下体勇敢钻出来的瞬间，她哭了，她非常担心母亲的安危；而另一个弟弟却还不见动静，母亲咬紧牙关配合着……父亲指导着果雅剪断婴儿的脐带，轻拍小弟的屁股使他大哭，还教她清理初生婴儿的黏液……

父亲不断地叫着母亲的名字给她打气："出力，孩子他妈，见到头顶了，加把力！"母亲鼓足劲，腹部屏气运力，随着一声婴儿的啼哭，最小的弟弟生下来了。果雅用手在胸前划着十字："感谢圣母玛丽亚！"

弟弟皱皱的小脸憋得紫红紫红的，好险啊！果雅的心都提到嗓子眼了，但小弟弟的哭声提醒她—— 母弟平安了！她为此哭了一整夜，从那以后她也更加懂事了。

一阵冰凉的寒风，吹醒了果雅的回忆。马车颠簸着穿过了草场地，几声乌鸦的叫唤从远处传来，他们同时注意到北面树林方向有两个朦胧的影子面向他们矗立着。

马车飞驶而过，再向后望那两个人影早已不见了。近来殷墟周围有更多的陌生人在那里转悠。

殷翔皱眉沉思，望向约瑟，约瑟的眼神还停留在来路的方向。果雅向殷翔询问婉儿的情况，才将约瑟的注意力又拉了回来。

此时，一阵飞沙走石，天色变得愈加阴沉，雪花飘落得越来越密集，入冬的第一场风雪就这样不知不觉地来临了。

三人再也没有多说话，各自想着心事。马车在屯子村的后山丘前转了一个弯，前面一栋铺着多重茅草顶的房屋竖立在开阔地上，院落内有一棵高大的古槐树，马车在大槐树院门外停下。

约瑟亲自扶果雅下了马车，他们一起跟着殷翔走进古槐树院子。果雅留意到，主人睡房向外的窗户上，还贴着大红的喜字，两张大胖娃各执鞭炮的剪纸粘在窗棂上，无不显示着这对新人的喜悦。

果雅还留意到正屋大门外的走廊贴着天蓝色暗花瓷砖和地砖，走廊的尽头，粉花瓷砖精致地砌成一个观音神像，神态自然祥和地望向前方，左手捧着一个花瓶，右手拿着一根柳树枝，脚下驾着莲花和祥云，充满神秘色彩。

婉儿穿着一件嫩绿色小毛绒坎肩，领口和袖口衬着白绒毛，长长的杏色棉布裙罩着鼓鼓的大肚子，她和小鹊笑盈盈地在门外迎接他们。

果雅优雅地走上台阶，见到婉儿此时面色红润的样子，她非常高兴。婉儿见果雅平安到来，心里更觉安慰。果雅挽起婉儿的手，问候她和未出世的孩子："婉儿，你看上去气色真好，看你怀孕的样子，就是生男娃相，今年又是鼠年，新生娃娃一定健康又机灵。"

婉儿甜蜜地笑着，她心里只希望胎儿可以平安地降生："谢谢果姨的祝福，真感谢您大老远来这儿帮我们，您请进屋慢慢用茶休息。"

婉儿看到果雅来了，心情也渐渐开朗起来，有果雅来做她的助产师，她忐忑不安的心才放下。大家被约瑟引进了正屋客厅，厅内宽敞简洁，墙上刻着“道法自然”四个古文字；壁炉内生着炭火，周边装饰着鹿角和壁毯；烛光下一桌丰盛的接风酒席已摆在客厅中央低矮的餐台上，他们几个盘腿坐下。婉儿让小鹊端上自制的果酒，这种酒果雅在约瑟和婉儿的婚礼上已经品尝过了，非常可口香甜，会让爱喝它的人，在不知不觉中灌醉自己的。

约瑟作为男主人，待大家全都入了席，才端起斟满果酒的酒杯，望着妻子动容地说：“我好幸运能在这块美丽神秘的地方找到我一生的最爱，为了感谢你们的搭救之恩，为了果姨的到来，我先敬大家一杯。”

说完，约瑟一口干了杯中的酒。殷翔也谦和地举起酒杯，看了看婉儿，目光停在约瑟脸上意味深长地说：“你们俩的结合是天作之合，老夫也甚感高兴。打第一天见到约瑟，老夫已经知道，要来的躲不过，本来打算过两天才告诉大家，既然果雅也应邀前来照应，我就不妨在这里提醒大家，也好有所准备，‘异类’可能在今晚就会显身啊！”

听殷翔这样说，刚才众人欢快轻松的气氛一下凝重起来。

婉儿不由自主地拽紧约瑟的手，她既害怕又担忧地看着殷翔问道：“父亲，不会真的有那种‘异类’吧？”

“孩子，上祖的担忧都是有根有据的，来，我们一边吃一边安排。”殷翔镇定地说。

餐台上，殷翔和果雅对坐，约瑟和婉儿分别坐在他们左右两边，小鹊没有入席，她在壁炉里添了些柴，今晚气温骤降，又下起了大雪，她已经开始不安起来。

“大家今晚务必小心！婉儿，你要保存体力，吃完饭你们打点行李带上果雅前去脐连洞，一刻也不能耽搁，我看婉儿就快临盆了。”

果雅来之前已经做好了随时出现状况的准备，听了殷翔的话，并不觉得太意外。约瑟和婉儿也深知此行的艰难。他们都默默地吃着饭菜，喝着小鹊煮的热汤，难熬的时间一分一秒地过去，窗外的雪下得越来越大了。

殷翔压低声音说：“约瑟，你在脐连洞寸步也不能离开婉儿，今晨褂衣转换了三次图案，这是从来没有过的，这件神器如此不安，它已经预感到了危险。”

窗外飘着鹅毛大雪，天地一片白茫茫的，茅草房顶已经被一层厚厚的白雪盖住，屋内透出的烛光在空旷的山林间显得孤独无助。殷翔、约瑟、婉儿、果雅及小鹊屏住呼吸，大家都仿佛听到一声由远而近的狐叫声，但瞬间大地又回复了平静。

屋内的壁炉烧得暖融融的，但五个人还是感到彻骨的寒意。约瑟握着婉儿冰凉的手，婉儿已经开始阵痛了，只是阵痛间隔的时间很长，小鹊又拿来一件棉大衣给她披上。果雅打开带来的医疗箱，套上听筒，给婉儿量血压。她既专业且谨慎，这是一次不寻常的临盆，如果褂衣找到新主人，她将第一时间确保婴儿的安全。

窗外的雪越下越大，茅屋前后一片白茫茫的，只有窗户透出的光芒照亮前方的古槐树院子。不一会儿，屋门开了，猎人打扮的殷翔手执铜剑，打着松枝火把，怀抱一个铜盒子打头阵；铜盒半开启着，从盒中射出宁红的光，和火把一起照亮了前后方的路；远处一片浓浓的、黑乎乎的东西，贴着洁白的雪地，慢慢地散开隐去。穿戴羽绒衣及羽绒帽的果雅和小鹊扶着同样羽绒装的婉儿走在中间。约瑟也是猎人的装束，手执火把和铜剑护卫在最后面。

他们小心地走下台阶，走出古槐树院，向着屯子村的地库进发。凌厉的寒风差点儿吹熄了火把，空旷的山野传来野狼的嗥叫。婉儿强忍着越来越强烈的阵痛，挪着脚步向前走着，有时，会疼得弯下了腰，要等阵痛过去才可以继续向前进。她心里有着一个坚定的信念，不管褂衣是否选中自己的孩子，都要和约瑟竭力保护他顺利降生，即使要以生命为代价，也在所不惜。

屯子村的库房前后林场地，有两条步行路：一条通往北面小屯村外的殷墟，也就是他们驾马车沿途经过的那条路；另一条直通后山丘，这条路平时景色宜人，空气清新，有着一些奇石和洞穴。五人顶着风雪，好不容易来到了这片草场地上的茅草顶大屋前。

大牛早已在地库前后点起了许多灯笼，灯光把整座茅屋前后照亮。自从那次奇怪的“异类”上身，他已经是铜剑不离身的了。他站在屋檐下的台阶上，眼前的雪花在灯光的映照下，白茫茫的反着光，让亮得地方更亮，黑暗处更无法看清了。朦胧中，好像听见族长殷翔的叫声，终于可以看见他们一行人顶着风雪艰难地来到地库石阶前。

大牛紧张地守候着，为了以防万一，不到最后关头，他还不可以开启地库大门。风雪太大，几次都差点儿吹熄屋檐下的灯笼。大牛见殷翔他们即将登上台阶，短短的五级台阶，现在看来是那么遥远，每上一级都很艰难。他将手中的火把插入地库边的夯土墙，当殷翔攀至地库门边，他才一下打开那扇铜铁门，看着他们身后黑压压的一片不明物，也跟着他们向台阶方向涌来，大牛急中生智将那支火把掷出，借着几秒的阻碍时间，他们几人快速躲入地库中。风雪猛灌、猛吹着，大牛迅速用力地关上了那扇厚重的地库门。

“呼哧——呼哧——”几个人都大口地喘着气，抖落一身白雪，他们终于可以在地库内看清对方了。地库并不寒冷，但婉儿已疼得直不起腰了，这种撕裂肉体般的痛苦，几乎让她无法忍受。果雅让大家腾出一块干净的地方，她决定在进入脐连洞之前，给婉儿做一次检查，这样可以更好地把握生产时间。殷翔看着约瑟，约瑟向果雅点头表示同意。他们在一个草坑里铺上一块准备好的干净棉布，果雅和小鹊小心地扶婉儿先坐下。婉儿脸色煞白，无法呼吸的样子。果雅一边指导着婉儿躺下，一边鼓励她在阵痛到来之前，彻底放松下来。她戴上医用消毒手套，在征求婉儿同意后对产妇的产道和子宫颈做了相应的检查，确定胎儿的胎位是否正常、产门是否开启等。

趁着果雅为婉儿检查的空当，约瑟、殷翔、大牛开始检查那个密道。上次大牛受伤事件后，殷翔坦言之所以没有告诉他们密道后的情况，因为担忧族人发生恐慌，用生灵祭祀这种古老且残忍的活动在殷翔这代已经摒弃了；自从自己的夫人在脐连洞难产致死后，他对上祖和天地发誓，鸟族永远不会再有用生灵祭祀这种族规。殷翔为了避免约瑟和大牛再受到伤害，命令他们两人必须在他的指导下才能进入洞内。

当殷翔再次打开那地道门，约瑟和大牛同时惊呼，呈现在他们眼前的共有五具被祭祀的侍卫遗骸，那些穿着鸟族上祖传统盔甲的遗骸，还持戈站立在祭祀坑内，夯土埋在他们齐胸高的地方，他们的嘴大张着，面目狰狞痛苦。透过地库里的灯光，还能看清密道内墙上画有的荧光线，殷翔解释那是他最后一次离开密道时画上去的，为了是防止日后迷路。

“这个密道有一段通向洹河渡口，但在里面很容易迷路，我直接用箭头和荧光线标示了。”殷翔边说边要求约瑟和大牛跟着他，绕开那五个侍卫尖利的兵器。他们都感到有阵阵凉风从密道的某个方向灌进来。

此时果雅和小鹊已经扶着婉儿进入密道，约瑟还是断后保护着她们，虽然二人都配有铜剑，但在这危急时刻，任何闪失都将带来无可弥补的后果。果雅此时无法说出检查后令她担忧的情况，胎儿可能胎位不正，但就现在的形势，她再也不想添麻烦了。婉儿产门只开了三指，应该有时间到达脐连洞，让她做出特别的处理，保证婴儿平安降生。

铜盒内的褂衣，宁红的光晕开始飘忽不定，没有先前那么光亮，殷翔心里明白分秒必争的时刻已经到来，褂衣一定设定了时间，这是它找到主人后开启的一套自动辨识系统，如果主人没有即时和褂衣联系上，后果会怎么样，谁也无法想象。混沌时刻一定在某一个点开启了，果雅的沉默，更加增添了殷翔此时的担忧。就在这个紧要关头，他们一班人的身后，传出了恐怖的吼声及兵器碰撞的声音。

“不好了，混沌时刻已经开始了！果雅、小鹊，你们俩扶好婉儿！快走！”殷翔真希望眼前的一切不是真的，“异类”已经追入密道，它们附于五个侍卫遗骸内，步步逼近。约瑟不用回头也猜到发生了什么事情。那一堆遗骸大张着黑嘴，怪啸着追赶上来，褂衣宁红的弱光已无力阻挡它们的追杀，它们掷出爪中的兵器，利器直逼婉儿后背，但每一次都被约瑟用铜剑阻挡下来。

果雅一边和小鹊架着婉儿沿着荧光线往前急走着，一边飞快地思考着怎样可以摆脱眼前恐怖的困境。她叫住殷翔："族长，还有多远？照这样走，我们躲不过'异类'的追击，请您让婉儿拿着褂衣盒，让此兵器贴近它的小主人，这样或许能更好地保护婉儿母子。"果雅说对了，当殷翔将铜盒子移近婉儿，铜盒内的褂衣发出了更加强烈的红光。婉儿不断地深呼吸，让自己保持冷静，不至于在密道中跌倒。她双手捧着铜盒，高举过头，在果雅和小鹊的搀扶下，艰难地前进着。

突然，一个葫芦形的洞口出现在他们眼前。进入洞内，周围石笋闪着天然的光亮，犹如水晶。"我们到了。"殷翔低声说道。看到洞内的情形，每个人都恍然大悟，终于明白上祖先人为何要选在脐连洞分娩了，因为这里方便褂衣觅主。洞内中央有一处泉池，泉池周围围着火山石，淙淙的泉水在浅浅的泉池内流淌着，但永不会满溢出来，泉池的形状大小刚好可以躺入一个成年人。由泉池抬头望向洞顶，不知何时，一轮弯月刚好嵌进洞顶的小洞，在弯弯的月牙处，点缀着金、木、水、火、土五颗行星，它们构成了一幅梦幻般的彩色星图，瑰丽极了！

“婉儿，别再看那幅美景了，快坐进泉水里去吧！现在正好是良辰，抓住这个机会，顺利分娩吧！不管发生任何情况，都不要睁开双眼，直到顺产为止！爸爸和大牛会为你们把守洞口！”殷翔说着已和大牛各执铜剑守着洞口，严阵以待。约瑟、果雅及小鹊也及时醒悟过来，他们也各就各位了。

果雅要求婉儿穿上她带来的分娩服，并将放置褂衣的铜盒、接生的手术工具、纱布放于泉池边；约瑟持铜剑侍卫在婉儿的身后；小鹊背对他们持剑防卫在果雅身后，一切准备就绪。分娩必须在洞顶的弯月即将移离洞口的瞬间完成，否则褂衣将无法与小主人顺利完成对接。

婉儿已经轻轻地躺下，温暖的泉水轻拂过她的胯部，暂时减轻了她的痛楚。她闭上双眼，眼前梦幻般地出现了胎儿整个卷曲着的小身体；耳边响起果雅轻声指导她分开两腿的声音，她感觉到两条腿被垫高了些；眼前，婴儿又移动了，胎位不正，令她的肚子又一次传来撕裂般的痛楚；一股股红的鲜血从婉儿下体流出，把泉池中的水染红了。果雅认真地检查了目前的情况，婉儿虽然见红，但产门开启得很慢，加上胎位不正，依照这样的速度恐怕会延误了褂衣连接的最佳时机。此时只有一个办法，手动为婉儿摆正胎位，但她不能为产妇打止痛针，因为这会让可能过敏的产妇产生间歇性休克，造成更严重的后果。

就在此时，身后传来奇怪的呼啸声，以及铜剑发出的劈杀声，整个脐连洞开始震动，果雅差点儿摔倒了。婉儿紧闭双眼，痛苦地呻吟着。混沌时刻正在逼近，“异类”不知以何种可怕的形态出现，周遭发出的劈杀声，令人毛骨悚然。果雅努力集中精神，安慰着痛苦万分的婉儿。情急中，她不假思索地抓起铜盒内的褂衣，让神器直接对着婉儿胯间，奇迹出现了，婉儿感觉到产门顷刻间全部打开，婴儿再次移动了位置，这次是头向外移动，婉儿大声喊道：“果姨，我感觉到孩子正往外冲呢！果姨，帮我！”

正在此时，后方传来了殷翔和大牛的惨叫声。但是果雅再也无法顾及发生在背后的危险了，泉池内的血水开始向外溢出，果雅单手托住“破门而出”的婴儿头部，对着婉儿喊道：

“婉儿，再用力，孩子头出来了！”婉儿高兴地睁开眼，但还没来得及说什么，却发出了凄厉的惨叫声，一股“异类”化作的妖血张开厉牙咬中了婉儿大腿，血柱喷溅在果雅的脸上。千钧一发之际，约瑟用铜剑刺中了那股妖血，“异类”化成黑烟消失了。

婉儿恐惧至极，但她还是努力配合着果雅。她从怀里拿出一个葫芦牌交给果雅：“果姨，这块葫芦牌是一位道长送给孩子他爸的，请帮忙转给我们的孩子，给他取名‘一经’！”

果雅含泪叫着约瑟和婉儿的名字，她不看也知道这时的约瑟正在用自己的生命和“异类”做着殊死的搏斗。

“婉儿，好孩子，再出把力，孩子已经快出来了！快啊！”果雅万分焦急地向婉儿命令着。婉儿失血过多，嘴唇已经变成了白色，但她还是拼尽全力，帮助婴儿来到了世间；果雅及时接住了婴儿，顷刻间完成了一连串的接生动作。然而，一声婴儿的啼哭却让“异类”发起狂来，展开了更加猛烈的进攻。突然，果雅身后传来小鹊的惨叫声，但是果雅实在不能回头，危难之际，她手抱婴儿一经迅即躲到婉儿身后。她不敢看前方发生了何事，只能迅速地展开褂衣披在刚产下的婴儿一经的身上。

褂衣稳稳地裹在一经的全身，非常贴身，一经停止了哭叫。看到此番情景，果雅惊讶不已。一走神，她差点儿跌倒，约瑟赶过来扶住了她和孩子。好险啊！

刚生完孩子的婉儿此时已拾起小鹊的铜剑斩向“异类”张开的血盆大口，但由于虚弱，铜剑被打飞了。约瑟扑上前迅猛地补上一剑才将那个庞然大物击退，并将婉儿揽在自己的怀里。

此时的脐连洞顶，月亮和五颗星逐渐偏离了那个圆形的洞口。一经身上的褂衣上血红杠杠像利剑一样射出，剑影映红了四周，红光遮挡了所有物体，果雅抱着一经趁机躲入身后的一个洞穴。

果雅听见身后传来约瑟离别的喊声：“一经！孩子！爸爸妈妈一定会和你相见的……！”她的眼泪像断了线的珍珠，无法控制。果雅紧紧搂着怀里的一经，小家伙在褂衣的保护下，非常安静。

褂衣觅到主人后，颜色从红色转为了绿色，果雅也搞不清楚是何时变色的，她太紧张了！“希望约瑟和婉儿都能脱险！”

她心里不断为他们祈祷着。突然，轰隆一声巨响，后方密道传来了塌方声。果雅加快脚步，借着褂衣闪现的绿色荧光，沿着黑暗的密道小心地向前挪着。

走着走着，一声马鸣从身后传来，果雅停住脚步，陡然显现眼前的恐怖情景就像梦幻一样：她看见一辆带车厢的完整马车，被一匹高头骏马拉着，从身旁奔驰而过。突然，前方一把铜锤砸向马头，骏马连带车厢倒翻在地，鲜血满地。果雅站在原地无法动弹，但双手还是紧紧地搂着沉睡着的一经。当她再想起步向前的时候，头却碰到了冰冷的石墙，上面清晰地显现着殷翔说的箭头。

果雅的心已跳到嗓子眼了，她顺着箭头拐了个弯，前方除了黑暗还是黑暗。 现在褂衣发出的光只能照清身前很小的一段距离，与刚才在脐连洞时相比，真是天壤之别。洞内有些凉凉的风吹过，夹杂着一声声小孩的哭声。“这不是婴儿的啼哭声吗？”果雅紧张地分辨着这些啼哭声来自何方。可以肯定，这不是一经发出的。她努力向前望去，隐约看到一片模糊的景象，“我的天呀！这只是刚出生的婴孩呀！怎么和家畜住在一起呀！”当她想接近那个婴孩的时候，一双大手突然从旁抓起那个婴儿，一个奴隶模样的人抱走了那个孩子，孩子不断啼哭着。果雅站在家畜栏里，里面有羊也有狗，“那些狗是看羊群的？”她也想不通 。

“咩——咩——”羊群慌乱地叫声陡然响起，连着那些狗也紧张起来；那些羊被一双双染着血的手赶入一个深坑，黄土瞬间从头到脚填埋下来，果雅尖叫着躲避，后背撞在密道的墙上，一瞬间的疼痛让她清醒过来，发现一经还是完好地抱在手上。

一丝光亮从洞穴前方透进来，刺骨的寒风从那丝光亮处灌入，果雅紧了紧羽绒服，摸了一下一经的小手，温暖柔嫩。突然，一经睁开双眼，冲着她笑了。果雅的心又一酸，眼泪簌然而下。

迎着洞口的寒风，果雅艰难地跨出密道口，惊现于面前的竟是林场中的马厩。老马夫妇见到只有果雅全身是血地抱着披上褂衣的婴儿安然出现，既高兴又悲伤。

“感谢上祖爷显灵保佑！终于盼到这一天啦！孩子，快走吧，已经走漏风声了。”不等果雅喘口气，夫妇俩将早已备好马鞍的小白牵到果雅面前，示意她赶快上马前往渡口离开屯子村。老马夫妇没再多说，他们按殷翔的吩咐一早在这里接应果雅，即使族长和其他人无法安全撤离脐连洞，他们也要想办法把出现的果雅送出屯子村。看着他们夫妇那饱经沧桑且满怀焦虑的眼神，果雅狠命克制着自己的悲痛，毫不犹豫地用羊绒披肩包实一经挂在胸前，翻身上了马背。

寒风吹在脸上像刀割一样，果雅的泪水止不住地流着，她紧握缰绳，骑着小白奔向渡口。她内心由衷希望那些保护一经顺利分娩的鸟族后裔都能平安脱险，她更希望养子约瑟和婉儿安然无恙，但眼前还有更重要的事情在等着她，不管多么艰难危险，她都要将褂衣的主人一经好好抚养成人，让他去完成未来未知的使命。纵然她无法明白其中的奥妙，但出于虔诚和责任，以及对孩子们的爱，她也将义无反顾地接受任何挑战。

训练有素的小白很快就把果雅带到了渡口。太阳从云层中露出了笑脸，洹水还没完全结冰，岸边堆积的白雪把河道推窄了许多。小白晃动着白亮健硕的马身，屈膝跪下，以便果雅可以轻松下马，这样才不会伤到一经。

小屯村的方向传来了嘈杂的狗叫声，还能听见远处房屋倒塌的声音，这些不祥的声音让果雅战栗。她强自镇定，走过被白雪覆盖着的木桥，摇摇晃晃地登上了一艘渡船。

果雅怀抱着乖巧的一经，一经的小脸红扑扑的，像个苹果，小鼻梁挺直，睡梦中的笑意，让嘴角不时掀动几下，惹人怜爱。

船夫在快要结冰的洹河河面上奋力地摇橹撑船，他戴着斗笠，长辫未剪，身披油衣。当他抬头望向天际，有那么一瞬，果雅仿佛看见一个白须鹤眉的老翁出现在眼前，微笑地看着他们。

一缕霞光透过厚重的云层照射在洹河上，波光粼粼，这让果雅倍感温暖和亲切。